命のたれ　小料理のどか屋　人情帖7

倉阪鬼一郎

時代小説

二見時代小説文庫

JN287003

第一章　紅葉玉子

一

「いよいよ、だね」

一枚板の席から季川《きせん》が言った。

「そんな、あとひと月くらいありますから、たぶん」

おちよはそう言って、かなり目立つようになってきたおなかに手をやった。

岩本町《いわもとちょう》の角《かど》にのれんを出している小料理のどか屋――。

その檜《ひのき》の一枚板の席と座敷には、いつものなじみの顔があった。

「どうだい、時吉《ときさち》さん、これから父親になるっていう気持ちは」

一枚板の席から、家主の源兵衛《げんべえ》がたずねる。

「なにぶん初めてで、生まれてみないことには、まだなんとも」

厨《くりや》で包丁を動かしながら、あるじの時吉が答えた。

刀を包丁に持ち替えて、ふと気がつけばもうずいぶん経つ。師匠の娘のおちよと所帯を持ち、三河町《みかわちよう》の見世《みせ》を火事で焼かれて岩本町に移った。その後も異《い》な成り行きで江戸を離れたりしていたが、ここ半年あまりはまずまず落ち着いた暮らしをしている。

来月には、おちよが初めてのお産をする。半ばあきらめかけていたのに授かった子供だから、無事生まれてくるようにと時吉はずいぶん神信心をした。おちよがうっかり蹴つまずいたりしないように、重いものは進んでわが手で運んだ。

その甲斐《かい》あって、ここまではいたって順調だった。

「でも、おちよさんの顔を見ていると、やっぱりややこは男の子だと思うんだがね」

一風変わった肴《さかな》を口に運びながら、季川が言った。

葡萄《ぶどう》のおろし和《あ》えだ。

皮をむいて種を取った葡萄は、塩をして洗っておく。和《あ》え衣《ごろも》は大根おろしに酢を加えたものだ。葡萄と生姜《しょうが》の薄切りをこれで和えれば、さっぱりとした一皿になる。

季節は九月、秋の恵みも感じさせる料理だ。

「男っぽい顔になってますかねえ」

　おちよが首をかしげた。

「どうだろう。じゃあ、わたしは女の子のほうに賭けましょう」

　源兵衛が軽く猪口《ちょく》を上げた。

「なんだい、いきなり賭けかい」

　隠居が笑う。

「いいでしょう。おめでたいことなんですから」

「なら、何を賭ける？」

「のどかか、ちのが次に産む子猫、とか」

　半ば冗談めかして家主が言った。

「はは、それじゃ賭けにならないね」

「こちらから頭を下げて、もらっていただきたいくらいですから」

　時吉が言った。

　のどか屋の看板猫ののどかは、毎年お産をしている。子猫は町内の猫好きなどに里子《さとご》に出しているが、黒白のぶち猫のやまとと、しっぽの短い茶とらのちの、一匹ずつ手元に残していた。

のどか屋は岩本町の角見世で、ちゃんとのれんも軒行灯《のきあんどん》も出しているが、このところは酒樽のほうが目立っている。空いた酒樽の上に寝場所をつくってもらった猫たちが、ときには三匹丸まって寝ていたりする。なんとも気楽な光景で、道行く人々の目をなごませていた。

「まあともかく、当たったらここで一日おごってもらうことにしましょう」

隠居は檜の一枚板の席を指さした。

三河町を大火で焼け出され、岩本町に移ってきたころはまだずいぶんと木が若かったが、いまはすっかりなじんで風格すら漂いはじめている。

(この席で酒を呑み、料理を食べてくれたお客さんたちの思いが、一枚板を磨いてくれている。ありがたいことだ)

時吉はそう感謝していた。

「お」

源兵衛が上に目をやったとき、一群の客がどやどやと入ってきた。なじみの町の職人衆だ。

「いま、揺れたね」

隠居も気づいた。

「ああ、やっぱり。あたしの調子が悪いせいかと」

おちよが顔を曇らせた。

「いまのは地震かい？」

桶などの曲げ物を作る職人衆の棟梁《とうりょう》がたずねた。

「ええ、揺れたよ」

と、家主。

「なんだ、おいら、もう酔ってるのかと思ったぜ」

「そいつぁ早い」

「酒なしで酔ってるようなもんだがよ」

いつもの調子で、職人衆は座敷に陣取った。

「火事も剣呑《けんのん》だが、地震も願い下げだね」

隠居が顔をしかめた。

「まったくでさ。長屋はなるたけ頑丈に造らせてますが、でけえのが来たら太刀打ちできません」

と、源兵衛。

「まったくだ。下手《へた》したら大川の向こうまで弾き飛ばされちまう」

「そんなに飛ばされるかよ」

「わからねえぜ。はずみってもんがあらあな」

「そんなもんかい」

職人衆が口々に言う。

「人に分かってるのは、ほんのちょびっとだ。あとは神様のおぼしめしよ。明日はどうなるか分かりゃしねえ」

「なら、今日はせいぜい酒をかっくらっておくことだな」

「うめえもんも食ってよ」

後架《こうか》へ行ったのか、おちよの姿が見えない。

代わりに、時吉が注文を聞いた。

下戸《げこ》は一人もいないから、もちろん酒だ。割りのいい仕事があったようで、みな下《くだ》り酒を所望《しょもう》した。池田《いけだ》から入った上等の酒だ。

「肴はいかがいたしましょう」

「何かいいもんは入《へえ》ってるかい？」

「玉子がわりと安く入りましたが」

「ほう、なら、それで」

「おいらは厚焼きがいいな」

「承知しました」

一枚板の席からも厚焼き玉子に手が挙がった。厨に戻ると、時吉はさっそくつくりはじめた。

玉子は貴重な品だ。普通に厚焼きにするだけでも豪勢だが、時吉はさらに工夫を加えてみた。

まず車海老を粗《あら》くたたく。続いて、葱《ねぎ》の青いところを刻む。

玉子を五つばかり割りほぐし、醬油《したじ》と酒を加える。そこへ車海老と刻み葱を交ぜて厚焼きにする。

味はもちろんのこと、彩りもきれいだ。玉子の黄色のなかで、海老の赤と葱の青が美しく照り映える。

紅葉を彷彿《ほうふつ》させるから、紅葉玉子と名づけてみた。目で眺め、舌で味わえる、秋らしい料理だ。

「ほう、これは見ただけでうまいね」

隠居が笑顔で受け取った。

「なら、ずっと見てますか、ご隠居」

源兵衛がからかう。

「そりゃ殺生《せっしょう》だよ」

季川はそう言って、紅葉玉子に箸を伸ばした。

座敷にも皿が行き渡った。

大根おろしを添え、醤油と煎酒《いりざけ》を、と加えて一緒に食す。むろん、玉子だけでも十分《ちゅ》にうまいが、おろしとともに食べればまた味が変わる。

「こたえられねえな、こりゃ」

「玉子の味の陰から、海老と葱がいい按配で顔を出してくらぁ」

「のれんの陰から覗くみてえにな」

「ちわ、海老でございって」

「そんな海老がいたらたまげるぜ」

「葱ならもっとたまげる」

てな按配《あんばい》で、座敷の職人衆の掛け合いは続いた。

「遅いね、おちよさん」

ややあって、隠居がふと笑みを陰《かげ》らせて言った。

その顔つきを見たとき、時吉の胸のあたりが、つ、とうずいた。

あとになって思った。

あれは虫の知らせだった、と。

「たしかに、表の猫と遊んでいるわけでもなさそうです」

「後架へ行きがてら、ちょいと見てきましょう」

世話好きな家主の源兵衛が腰を上げ、見世の裏手へ向かった。

人がみなのどかな気持ちでいられるように、平穏な楽しい暮らしが続くようにという願いをこめて、のどか屋という名前をつけた。

のどか屋の料理は、皿をそっと下から出す小料理だ。「どうだ、食え」と上から出す大料理ではない。

その小料理を食したお客さんにほっこりしていただければ、見世の者ものどかな気分でいられる。そんな毎日がずっと続けばいい。

それが時吉とおちよの何よりの願いだった。

だが……。

またしても危難が降りかかってきた。

ややあって、源兵衛の声が響いた。

「大変だ。おちよさんが！」

急を告げる声だった。

包丁を置くと、時吉はあわてて裏手へ出た。

そして、見た。

おちよが顔をゆがめ、腹を押さえてその場にうずくまっていた。

二

「ちよ！」

時吉はあわてて駆け寄った。

「どうした。差し込みか」

「おなかが……急に痛んで」

おちよはつらそうに腹を押さえた。

時吉はうろたえた。

何事にも動じない男だが、こればかりは勝手が違った。おちよはただの体ではない。いま押さえている腹の中にはややこがいる。ようやく授かった初めての子がいるのだ。

「しっかりしろ」

背中をさすってやる。

「産気《さんけ》づいたんだね」

出てきた隠居が心配そうに覗きこんだ。

「でも、まだ……」

「早めに産まれることだってある。時さん、お産は？」

「清斎《せいさい》先生のところで」

「羽津《はつ》さんに取り上げてもらうんだね。ここいらの産婆じゃなくて」

「ええ。産気づいてきたら駕籠で皆川町《みながわちょう》の診療所まで、と言われてます」

時吉の話を聞いて、源兵衛がただちに動いた。

「おい。だれか表の通りで駕籠《かご》を捕まえてきな」

「合点《がってん》だ」

「まかしとけ」

職人衆の声が響く。

「なに、案じることはない。早めに産気づいて、無事に産まれてきた赤子は何人も見てるから」

隠居がそう言って、おちよの気を和《やわ》らげようとした。

「痛いか？　ちよ」

おちよは小さくうなずいた。

「波みたいで……ずん、とたまに痛いのが来るの」

「いまに駕籠が来る。一緒に走るから」

なおも背中をさすりながら、時吉は言った。

「見世はどうしなさる？」

源兵衛が声をかけた。

「相済みません、火を落とさせてもらいます」

「分かった。わたしがやっておこう」

家主と入れ替わりに、息せききって職人が一人戻ってきた。

「呼んできたぜ。早く」

しぐさを交えて言う。

「いや、赤子に障《さわ》っちゃいけない。月足らずだから、ゆっくり」

季川が言った。

「さ、立てるか」

「あい」

時吉と隠居が肩を貸し、おちよを立たせた。

「一《ひ》の二《ふ》の……」

「三《み》っ」

慎重に掛け声を発しながら、見世の前まで進む。

「皆川町の青葉《あおば》清斎先生の診療所は分かるか？」

時吉は駕籠かきにたずねた。

「知ってまさ」

「町の名医だからよう」

「難儀をしてる者からは薬代を取らねえんだ」

「できたお医者様だよ」

先棒と後棒が打てば響くように言った。

「なら、大事に運んでくれ」

時吉はずいぶんと多めの心付けを渡した。

「へへ、こりゃどうも」

「揺れねえように運びまさ」

おちよが大儀そうに乗りこんだ。

猫たちがけげんそうに見守っている。お産を二度しているのどかは気配で分かるのかどうか、妙に心配げな様子だった。

「案じることはないっすよ、おかみさん」

「町のみんながついてまさ」

「おいら、神社にお参りしてくるよ」

「なら、おれも行く」

職人衆が口々に言う。

おちよを乗せた駕籠が動きはじめた。

着物の裾をからげ、時吉も一緒に走りだした。

三

えっ、ほっ……。

えっ、ほっ……。

声をそろえて、駕籠が進む。

岩本町から紺屋町《こんやちょう》へ、まっすぐな通りを西へ向かっていく。

　駕籠かきの足の運びに合わせて、時吉も走った。

「もうそんなにはかからない。辛抱しろ、ちよ」

　そう声をかけたが、返事はなかった。物々しい駕籠ではないから、中が見える。おちよは顔をしかめ、片手でしっかりと駕籠の竹枠を握り、腹に宿るわが子を守るような姿勢で耐えていた。

「清斎先生に話はついてるんですかい？」

　駕籠をかつぎながら、先棒がたずねた。

「いや、まだだ」

「向こうにも段取りがござんしょう。ひとっぱしり先に行ったらどうです？　あっしら、道の勝手は分かってるんで」

　なるほど、駕籠かきの言うとおりだ。おちよが心配で、そういう頭がまったく回らなかった。

「分かった。なら、頼む」

「へい」

「羽津さんに伝えたら、すぐ戻ってくる。大丈夫だ、我慢していろ」

　そう声をかけると、おちよは小さくうなずいた。

駕籠をあとにすると、何かを思い切るように時吉は走った。

かつて大火に襲われたときも懸命に走った。まだ武士だったとき、御家騒動に巻きこまれたときも全力で走る場面があった。

思えば、人生の瞬間瞬間《ときどき》で走りつづけてきたような気がする。しかし、ほかのどんな場面よりも切迫した気持ちで、時吉はしだいに暮れてきた道を走った。

行く手が逆光でかすむ。

あの夕日が沈む前に戻らなければ、おちよの身に良からぬことが起きてしまう。

そんな気がしてならなかった。

「通してくだされ。御免なすって」

大八車や往来の者に声をかけながら、時吉は懸命に走った。

初めの息が続かなくなり、胸が痛くなってきたころ、ようやく皆川町に着いた。

角を曲がる。

青葉清斎の診療所と妻の羽津のそれは、棟続きだが入口が違っていた。

迷ったが、勝手の分かる清斎のほうへ入った。

「相済みません。急な患者の知らせで」

診療所を手伝っている息子に声をかけると、時吉はずんずん奥へ進んだ。

総髪の医者は、年寄りの患者の脈を取っているところだった。何事ならん、と顔を上げる。

「清斎先生、ちよが産気づきまして」

「それは早々と。いまどちらに？」

「駕籠でこちらに向かっています」

「分かりました。羽津に伝えて、お産の準備をさせておきますので。早く戻っておやりなさい」

「よしなに」

短く答えると、時吉は急いできびすを返し、診療所をあとにした。

今度は夕日を背に、わが影を追うようにして走った。

手足の動きが疲れで鈍くなってきたころ、行く手にちよを乗せた駕籠が見えてきた。

力を振り絞り、時吉はちよのもとへ戻った。

「段取りをつけてきた。もう少しの辛抱だぞ」

おちよに向かって言う。

返事はなかった。

おちよは蒼い顔でうなずいただけだった。

四

「いくらか難産になるかもしれませんが、大丈夫です。子供も無事でいます」

羽津は凛《りん》とした口調で告げた。

名医として名高かった故・片倉鶴陵《かたくらかくりょう》の薫陶《くんとう》を受けた女医だ。その診療所には、薬品の香りとともに、清浄の気も漂っていた。

「どうかよろしくお願いいたします」

時吉は深々と頭を下げた。

「では、控えの間にてお待ちください。外でもかまいませんが、戻るときには消毒をお願いします」

誇り高い白衣に細みの茜《あかね》だすきをかけわたした羽津は、そう告げて立ち上がった。

羽津の診療所には産婆と弟子がいた。それぞれが役割を分担し、楽にお産ができるような配慮がなされている。あとは祈るしかない。

おちよのうめき声だけが聞こえる。なんとも落ち着かない気分だった。

のどか屋が三河町にあったとき、夫の清斎は常連だったから、産科の話もよく聞かされた。

産科の医者には情がなければならない。

しかし、情がありすぎてもいけない。

清斎からは、そんな心得を聞いた。

ときには非情にならねばならないこともある。悲しむべきことだが、子供がお産の途中で死に、産道に詰まってしまったとする。医者はそこでひるんではならない。母体だけは助けるべく、打てる手をすべて打たなければならないのだ。

片倉鶴陵の指導を受けた羽津は、最新型の鉄鉤《てつかぎ》も伝授されていた。それを巧みに用い、素早くかき出して母体を助けるのだ。もちろん、だれの目にも触れないようにして。

そんな話をかねてより聞いていたから、時吉は気が気ではなかった。月満ちてなかなか産まれないのも気をもむだろうが、月足らずの不安もまた大きかった。

赤子は無事産まれてくるだろうか。おちよの身に何か起こりはすまいか。

案じだしたらきりがないほどだった。

控えの間はいくらか離れているが、それでもわずかに声が聞こえた。羽津の呼びかけに応えて、おちよがいきみはじめているようだ。

何の力も貸してやれないのがもどかしかった。

時吉としては、両手を合わせ、神仏に祈るしかなかった。

(そうだ。お参りだ)

時吉ははたと思い当たった。

ここから二町(約二百二十メートル)ほどのところに、出世不動がある。のどか屋が三河町にあったころは、折にふれておちよとともにお参りにいったゆかりの場所だ。

ここで気をもみながら待っているくらいなら、出世不動まで走って、心をこめて祈ってきたほうがいい。

そう思うと、もう矢も盾もたまらなかった。時吉はすぐさま腰を上げた。

ちょうど弟子が湯を運びにきた。

「出世不動にお参りしてきます」

そう告げると、時吉は診療所を出て再び走った。

秋だというのに、境内では蟬が泣いていた。そのどこか哀れな泣き声が心にしみた。

蝉の命は短いと聞く。ふと浮かんだ不吉な思いを振り払い、時吉は両手を合わせた。

（どうか、無事、赤子が産まれますように。

おちよの身に、何も障りがありませんように。

産まれた赤子がちゃんと育ちますように。

子々孫々に至るまで息災に暮らせますように……）

そう祈ったとき、木々の間《あわい》から光が差しこみ、時吉の顔を照らした。その御恩《ごおん》のような光は、時の隔たりを超え、どこか遠いところから差してきたかのように思われた。

時吉はふしぎの感に打たれた。

（いま差してきた光は、わたしだけを照らしているのではない。

すでにこの世にはいないが、父がおり、祖父がおり、曾祖父がおり、その前にも累々とご先祖さまが連なっていた。そのすべてが光になって、わたしのもとへ届いてきたかのようだ。

その光は、ここで終わるわけではない。

わたしの先へ……子供へ、そして孫へと、ひとすじの光がつながっていく。

そのために……）

時吉は再び祈った。

赤子が無事産まれるように、と心から祈った。

出世不動に向かって深々と頭を下げ、立ち去ろうとしたとき、

「のどか屋さん」

と、だしぬけにうしろから声をかけられた。

「ああ、これは安房屋《あわや》さん」

振り向いてみると、竜閑町《りゅうかんちょう》の醤油酢問屋・安房屋を継いだ新蔵《しんぞう》が立っていた。父の辰蔵《たつぞう》は隠居の季川と並ぶ常連だったのだが、のどか屋が焼け出された大火で不幸にも命を落とした。

その息子が立っているのを見て、時吉はまたしてもふしぎの感を覚えた。目には見えない縁のようなものを感じた。

「こちらのほうへ出張でしょうか」

「いえ、ちよがちょうど産気づきましてね。いま、羽津さんの診療所でお産を始めたところです」

「それは……まだいくらか先の話だったのでは？」

新蔵の顔に驚きの色が浮かんだ。

「月足らずで産気づいてしまったもので、心配で心配で、お不動さまのお力にすがろ

うと思いましてね」

「それなら、わたしも」

新蔵は進んで手を合わせ、無事の出産を祈ってくれた。

横顔が死んだ辰蔵に似ていた。

こうして血はつながっていく。大川（隅田川）の水が光を弾《はじ》きながらゆるゆると海へ流れていくかのごとく、先へ先へと流れていく。

海に出てしまえば、もう茫漠たる世界だ。水はどこへ流れ着くのか、見当もつかない。

それでも、水は流れる。血はつながっていく。

時吉は命のふしぎさを改めて感じた。

「ありがたく存じます」

頭を上げた新蔵に向かって、時吉は礼を言った。

「どうか、ご無事にお生まれになりますように」

「はい」

「それでは、手前はこれから野暮用がございますので。またのどか屋さんに寄らせていただきます」

亡き父の面影を宿した安房屋新蔵は、そう言って再び頭を下げた。

五

診療所に戻ると、産声《うぶごえ》が聞こえた。

胸のあたりが、きや、と弾んだ。

手の消毒を忘れそうになったので、あわてて南蛮臭い水に手を浸して拭く。

「ちよ！」

もうじっとしてはいられない。時吉は思わず声をあげた。

「ご無事ですよ」

羽津が産室から答えた。

その声を聞いて、首から胸のあたりにわだかまっていたもやもやしたものが、すーっと晴れていくような心地がした。

「子供は？」

「男の子ですよ」

その声に覆いかぶさるように、赤子の泣き声が響いてきた。

安堵のあまり、全身の力が脱けていくかのようだった。

「これから寝かせますので、いましばしお待ちください」

羽津は落ち着いた声で言った。

普通なら出産したあとも女は座ったままで、腰に当てる布をだんだんに増やしていき、ついには床《とこ》上げに持っていく。さりながら、子を産むという大きな仕事をなし終えた女は、ただちに仰向けにして体じゅうを休ませたほうがいいというのが羽津の持論だった。座ったままにしておかないと障りがあるというのは俗説にすぎない。

「さ、楽にして」

「はい……」

おちよの声が聞こえてきた。

間違いない。無事でいる。

だれも見ていない控えの間で、時吉はどこへともなく両手を合わせた。

ややあって、中へ入ることが許された。

「ちよ……でかした」

無事に生まれたらどんな声をかけてやるか、道々考えていたのだが、そんな短い言葉にしかならなかった。

「あい」

おちよも短く答えた。

何がなしにたましいが抜けたような顔つきだが、大きな仕事を終えたあとの女房の顔は神々《こうごう》しく見えた。

「これが、あなたの赤さんですよ」

羽津が小さなものを時吉に渡した。

ただ、女医の表情は少しあいまいだった。そのわけは、ほどなくわかった。

「まだ生まれたばかりで何とも申せませんが、ちょっとお御足《みあし》が」

まなざしの先を見た時吉は、一瞬だけ息を呑んだ。

右の足首があらぬほうへ曲がっていた。このまま大きくなれば、歩くのに難儀をするかもしれない。

「足が……」

いくらかすまなそうに、おちよがつぶやいた。

「これからだんだんに治るかもしれませんから」

羽津がなだめるように言った。

「おお、よしよし」

また泣きだしたわが子を、こわれものでも抱くように、時吉は大事にあやした。

「こうして……無事に生まれてきただけで御《おん》の字です。ありがたく存じます。ありがたいことで……」

時吉は「ありがたい」を繰り返した。羽津はほほ笑みで応えた。

「ちよ、産後が大切だ。養生しな」

おちよがうなずく。

時吉はうなずき返すと、じっとわが子の顔を見た。

まだ小さな猿《ましら》のごとき按配だが、目の大きいところはおちよによく似ているように思われた。

顔立ちは、悪くない。

「おまえは、のどか屋の跡取りだ」

時吉は息子に語りかけた。

「そんな、気の早い」

羽津が笑う。

いつもならすぐ何か言うはずのおちよは、さすがに疲れたのか、笑みを浮かべただけだった。

「よろしゅうにな」

不器用に赤子を揺すりながら、時吉は言った。

第二章　牡丹吹寄せ

一

「まあ、なんにせよ、無事でよかったじゃねえか」

長吉《ちょうきち》が笑った。

時吉の師匠で、浅草の福井町《ふくいちょう》で長吉屋を営んでいる。おちよは長吉の娘だから、ここが実家だ。

産後の養生をするため、おちよは赤子とともに長吉屋に戻った。のどか屋より構えが大きく、檜の一枚板も長い。お運びの娘もいれば、住みこみの弟子もいる。おちよが疲れて眠たいときは、代わりに赤子の相手をする者がいるから安心だった。

「ちよが見世の裏手で倒れているのを見たときは、血の気《け》が引きましたが」

時吉が答える。

「ずいぶんと食い気も出てきたから、あれなら大丈夫だな」

長吉はそう言って、奥のほうを見た。

いまは奥まった部屋で昼飯を食べている。精がつくようにと、父が自ら玉子飯をつくってやった。

長吉の玉子扱いはひと手間をかける。いったん鉢に割った玉子を、手でさっとすくってべつの鉢に移し替えるのだ。

何の意味もなさそうだが、ある。玉子に入っている水気を取り除くためだ。このひと手間をかけることによって、玉子の味がぐっと深くなる。

「本人はのどか屋に戻りたがってるんですが、まだ無理はさせられませんし」

「そりゃそうだ。背負子《しょいこ》に千吉《せんきち》を入れてばたばた働くのもどうかと思う。まだ首が据《す》わったかどうかっていうとこなんだからな」

長吉は軽く首をひねった。

息子は千吉と名づけた。

祖父が長吉、父が時吉だから、まず「吉」の字をつけることにした。母の「ちよ」は「千代」という字に置き換えることができる。「大吉」ならともかく「代吉」では具合が悪いから、「千吉」にしようと話がすぐまとまった。

千客万来《ばんらい》の「千」でもある。鶴は千年、亀は万年。息災で長生きするようにという願いもこめてつけた名前だった。

「たしかに、のどか屋の仕事をしながら背中の子をあやすのもどんなものかと。もう少し大きくなればいいかもしれませんが」

夕方からの料理の下ごしらえをしながら、時吉は言った。

のどか屋は小さな見世だからぶっ通しでのれんを出しているが、長吉屋は昼と夕の二段構えだ。昼はそれこそ玉子飯のような気の張らない食事を出し、まずは味の宣伝をしておく。そして、夕の部に手のこんだ料理を供してうならせるという寸法だった。

「かといって、ずっとここにいられたんじゃ気ぶっせいだがよ」

海老の背わたを手際よく抜きながら、ねじり鉢巻きをきりりと巻いた料理人が笑う。一見するとこわもてだが、笑うと目尻に愛嬌のあるしわが寄る。初孫《ういまご》をあやしているときは、ことにしわが深くなるのが常だった。

「悪かったわね」

と、ひと声かけて、千吉を抱いたおちよが姿を現した。

「なんだ、聞いてたのかよ」

「こっちも、ずっとここにいてやるつもりはありませんから。ねえ、千吉」

と、赤子を揺らす。

その手の動きが気に障ったのか、千吉はまた泣きだした。

「おお、泣いちまったじゃねえか」

「赤さんは泣くのがつとめ」

「何言ってんだい。ちょいと貸しな」

「はいはい。じいちゃんのとこへ行っといで」

そんなやり取りを、時吉は百合根《ゆりね》の飾り切りをしながら見ていた。

飾り包丁を巧みに入れて、百合根で牡丹の花をかたどる。さらに酢を入れた湯に投じ、下ごしらえをしておくのが時吉に与えられた仕事だった。

もう一つ、栗の下ごしらえもあった。醬油をいくらか多めに入れただしでさっと煮て、汁気を切っておく。

「おお、よしよし。髪の毛の按配も、なかなかしっかりしてきたじゃねえか。いい子だ、いい子だ」

弟子を叱咤しているときとは別人のような顔で、長吉は孫をあやした。

「海老はいいの？　おとっつぁん」

「手が空いてるんなら、おめえがやれ」

「おとっつぁんが千吉を取ったんじゃないの」

「文句を言うんじゃねえ。のどか屋へ戻ったときに腕がなまらないように、包丁を動かしとけ」

そんなわけで、おちよも下ごしらえを手伝うことになった。

この料理は前にも手伝ったことがあるから、勝手がわかっていた。

牡丹吹寄せだ。

百合根でかたどった白い牡丹の花のもとへ、風に吹かれて、さまざまな色が寄せられてくる。

海老の赤がある。串を打って焼き、殻を剝いた貫禄の味だ。

栗の深い山吹色がある。下味をつけたうえ、網で香ばしく焼いた大ぶりの栗だ。

三つ葉の茎の青がある。茹でた青みを最後に散らして、さわやかにまとめる。

盛るのは黒い器がいい。すべての色が引き立つ。

百合根は味醂《みりん》や砂糖や塩などを入れて茹で、味を含ませておく。本来持っている苦みをいくらか和らげても殺《そ》がない呼吸《いき》が肝要だ。

こうして、手間をかけた一鉢ができあがる。

「で、時吉、先生の診立てはどうだった？」

ひとしきり子をあやしていた長吉がたずねた。

今日ののどか屋は休みだ。時吉は駕籠を呼び、おちよと千吉を皆川町の羽津に診せてきた。

「どちらも健《すこ》やかで案じるところはない、と」

「そうかい。そりゃ何よりだ。千吉の足は？」

長吉は赤子の足に触った。

「立てることは立てるだろう、と」

「歩くのは？」

「それは……歩けるようになるかもしれない、という診立てで」

「かもしれねえ、か」

やや嘆息を含む声で、長吉は言った。

「ごめんね、千吉」

おちよはそう言って、わが子に両手を伸ばした。

父から受け取ってあやす。泣き疲れたのか、千吉は口を半開きにしたまま寝息を立てはじめた。

「ちよが謝ることはないさ」

時吉は声をかけた。

「だって……」

「なに、おめえらが足の代わりになってやればいい。それに、そういう荷を抱えていれば、芯の強え子《つえ》に育つ」

長吉の声の調子が少し変わった。温かい灯が一つ、ぽっととともったかのような按配だった。

「重い荷だって、一緒に背負えば軽くなるから、おまえさん」

「そうだな」

下ごしらえの手を止め、時吉は短く答えた。

「神様はおまえらを見込んで千吉を預けたんだ。そう料簡しな」

「と言いますと？　師匠」

にわかには腑《ふ》に落ちなかったので、時吉は問うた。

「こんな歩けるかどうか分からねえような赤子ならいらねえから捨ててきな、あいよ、なんていう鬼みてえな親だったらどうする。そんなやつらのところに、神様は千吉を預けはしねえ。おめえらだったら、重荷をちゃんと背負っていける。子供の足の具合が悪いのなら、足の代わりになってくれる。そう料簡して、おめえらのところへ預けてくれたんだ。かえってありがてえと思いな」

長吉はそう言うと、ちょいと頭に手をやって豆絞りを直した。

「そうね……ありがたい、と」

おちよが感慨深げにうなずいた。

「こいつの足の代わりなら、喜んで」

時吉も笑みを浮かべて、あらぬほうを向いている千吉の足をいとおしそうになでてやった。

二

「おお、今日はこちらかい？」

季川が軽く手を挙げて、一枚板の席に腰かけた。

「ええ。久々に長吉屋の厨《くりや》に立つと、身が引き締まります」

「お、赤ん坊は元気そうだね」

隠居は奥のほうを指さした。泣き声がここまでわずかに響いてきた。

「だれの子だとよく訊かれます」

長吉が笑った。

「初孫だから、それはかわいいでしょう」

総髪の男が声をかけた。

「ええ、ありがたいことで」

「声の調子を聞いたところでは、お孫さんは息災に育ちそうです。案じることはないでしょう」

一見すると医者風の、供を連れた男が言った。

「自空《じくう》先生にそう言っていただければ、何よりのお墨付きです。ありがたいことで」

長吉は重ねてそう言って、装いを整えた牡丹吹寄せを差し出した。

「これは、なかなかの彩りですね」

「ありがたく存じます。ご隠居は何をおつくりいたしましょう」

と、季川に顔を向ける。

「昼がいくらか軽かったもので、ちょいとおなかがすいていてね。まずは腹にたまるものを」

「ならば、玉子飯でよございましょうか」

「いいね」

師匠から目で合図があった。

時吉は一礼してから玉子飯をつくりだした。

「ときに、こちらはお医者さんで?」

季川がたずねた。

「おや、お初でございましたか。このところよく通ってくださっている自空先生でございます。こちらは古いなじみの発句《ほっく》の季川先生」

長吉が一枚板の席に座り合わせた二人を紹介した。

「なに、先生と呼ばれるような宗匠じゃございませんが」

季川は謙遜した。

「うちの娘が発句の弟子でして」

「ほう、それは」

「ここにいるのどか屋の時吉は、その娘の亭主です。今日は店が休みなんで手伝ってもらってます。岩本町の角っこなんで、足が向きましたらぜひともよしなに」

弟子の見世を宣伝すると、長吉は自空を隠居に紹介した。

「で、こちらは易者の自空先生。空の色合いをちょいと見ただけで何事も判じられる、

「それはいささか風呂敷が大きすぎましょう」

自空が笑った。

「易者さんでしたか。わたしはてっきりお医者さんかと」

「よくそう言われます。それに、易を専門にやっているわけではないのですが、ほかに呼びようがないので易者ということに。ま、ただの占い師です」

四十がらみの歳で、顔は痩せぎみだが血色はいい。なかなかの好男子で、ことに印象深いのは澄んだ目だ。ただ澄んでいるばかりではない。やや色の薄い瞳の奥には、余人には見えないものまで見通すような涼やかな光が宿っていた。

「まさか、人の寿命まで見えたりはしますまいな？」

半ば冗談、半ば本当に恐れているような調子で、矍鑠《かくしゃく》とはしているがもうずいぶんといい歳の隠居がたずねた。

「わたくしは神仏ではございませんので。ただ……」

自空はまじめな顔で答えた。

「ただ？」

「兆し、と申しましょうか。世に現れたある『知らせ』のようなものは人より見えるようです。まあ、そうでなければ、占い師はつとまりませんが」

「なるほど。……お、来たね」

隠居は表情を和らげ、時吉から玉子飯を受け取った。

「相州《そうしゅう》のおいしい蒲鉾《かまぼこ》があったので、あしらってみました」

「いいね」

だし汁に切った蒲鉾と葱を入れて煮る。そこへ玉子を崩さずに割り入れ、火を弱める。崩すのは玉子の白身だけだ。持ちよい小ぶりの鍋を揺すりながら、白身とだし汁をとろりと混ぜ合わせていく。

おおかた混ざってぷるりとしたら、ようやく黄身を割る。こうすれば、黄身だけがとろっとした味わいの玉子飯になる。仕上げに三つ葉を散らせば彩りも香りもいい。

「うまいねえ」

隠居は感に堪えたように言った。

「玉子の黄身と白身の食べ味の違いもさることながら、この蒲鉾のぷにっとした歯ごたえがまたいい」

「鶏《とり》などを入れれば、また違った味わいになりますよ」

長吉が笑みを浮かべる。

「それもうまそうだ」

「わたくしも欲しくなってきました。おまえもどうだ？」

自空が供の者にたずねた。

「はい、いただきます」

占い師の息子くらいの歳の男が進んで手を挙げたから、一枚板の席に和気がわいた。

それやこれやですっかり打ち解け、酒も調子よく巡った。

長吉屋は繁盛している見世だから、付きっきりというわけにはいかないが、ほかの客が注文した品もつくりながら時吉がおもに相手をした。

「お酒を呑んでいる最中だが、その味噌汁の香りもいいねえ」

季川が手で嗅ぐしぐさをした。

「晩秋の茸汁《きのこじる》はまた格別ですから」

「具は何です？」

易者がたずねた。

「舞茸に、榎茸《えのきだけ》に、平茸《ひらたけ》です。茸は三種以上を入れると格段に味が深くなりますので」

「なんだか欲しくなってきましたね。茸の肴を何かいただけますか？」

「承知しました」

時吉は素早く手を動かした。

座敷のほうを見ると、長吉が大勢の客と語らっていた。言ってみれば、師匠の人柄を食べにきている常連も多い。できるかぎりその相手をしなければならないから、実際の料理は弟子につくらせることも多かった。おかげで厨は大忙しだ。

時吉はまず茸の生姜《しょうが》炒めをつくった。みじん切りにした生姜を油に入れ、三種の茸を炒める。仕上げに醬油をさっとかければ香ばしく仕上がる。

間髪《かんはつ》をいれず、茸の深山《みやま》和えに移る。これは大根おろしが決め手だ。茹でた三種の茸を、汁気を切った大根おろしで和える。

味付けはだし汁に酢、それに砂糖と塩。仕上げに山の緑に見立てた三つ葉を散らす。ちらちらと見える白い大根おろしは、まるで深い山にたなびく清浄な雲のようだ。深山和えの名がつくゆえんである。

どちらも好評だった。箸休めの酒の肴にはもってこいだ。

「深い味になるもんだね、茸ってやつは」

季川が満足げに言った。

「茸を天日《てんぴ》で干しておけばわりと日もちもしますし、戻したときにうま味が増すんですよ」

「ああ、おちよさんがたまにやってる。早く見世に戻れるといいね」

そんな話をしているうちに、一段落ついた長吉が戻ってきた。

自空をまじえてまた話の花が咲きだしたが、途中からいささか色合いが変わってきた。

話題の的《まと》になったのは、意外にも「光り物」だった。

三

「そうすると、光り物にもいろいろあるっていうわけですね？」

季川が自空にたずねた。

「ええ。人魂《ひとだま》のたぐいだと恐れられることもありますが、勇《ゆう》を鼓《こ》して打ち落としてみると、なんのことはない、蟇《ひきがえる》だったりすることも間々《まま》あるんです」

「幽霊の正体見たり枯尾花《かれおばな》、というわけですね」

長吉はそう言うと、時吉にちらりと目配せをした。

（おう、代わりに甘鯛を焼いてくれ）

師匠は目でそう告げていた。

「ただ、どれもこれも正体が蓋っていうわけではないんです。生《しょう》のものでも、五位鷺《ごいさぎ》だったり、野襖《のぶすま》だったりいろいろです」

野襖とは、むささびのことだ。

「流れ星ってこともあるでしょう?」

いくらか身を乗り出して、長吉が問うた。

「ええ、もちろんです。さっと夜空を流れていく星のかけらを見て、怪しい光り物だと早合点してしまうわけですね。ただ……」

自空は思わせぶりに言葉を切り、猪口の酒を干した。

一枚板の上に猪口を置くたびに、供の若者が酒を注ぐ。どうやら自空の弟子で、その謦咳《けいがい》に接しながら薫陶《くんとう》を受けているらしい。

「ただ……枯尾花ばかりじゃないというわけですか」

隠居が先を読んだ。

「そのとおりです。正体がまったく分からない光り物もかなりあります」

「なるほど」

「こうやって目の前で料理されるものでしたら素性が知れていますが、光り物のなかにはまったく由来の分からないものも含まれています」

　占い師は時吉の手元を軽く指さした。

　焼きに至るまでの下ごしらえはほかの弟子が済ませていた。三枚におろして腹骨を取った甘鯛の身は、立塩に漬けて水気を拭き取っておく。こうすることによって、水気の多い身がぎゅっと締まる。

　下ごしらえが終わった甘鯛は小骨を抜いて切り身にし、串を打って塩焼きにする。塩加減と焼き加減が料理人の腕の見せどころだ。甘鯛の肌合いを見ながら、串を火に近づけてはまた遠ざける。

　ほど良く焼き上がった甘鯛には、仕上げに橙《だいだい》の絞り汁を振る。

　最後にもう一枚、華やぎの衣装を着せるのが料理人の見せ場だ。彩りであったり、風味であったり、衣装の色はさまざまだが、あまりどぎつくないものをふわりとかけてやれば料理の顔がさらに輝く。

「はい、お待ち。お熱いうちに召し上がってください」

　時吉は甘鯛の塩焼きを供した。

「いい色だね」

　と、隠居。

「さっそくいただきます」

自空が箸を伸ばした。軽く一礼して弟子も続く。

客の表情を見れば、料理のおおよその首尾は分かる。

ややあって、師匠は満足げに時吉の肩を軽くたたいた。

「で、由来の分からない光り物ってのは、正体は何なんでしょうかね？」

隠居が占い師にたずねた。

「さあ、どうでしょうか。分からないものは分からない、としかお答えできないのですが……」

「自空先生ほどのお方でも、分からないことがおありでしょうか」

長吉はさりげなく客を立てた。

「わたくしに分かっていることは、ほんのわずかな砂粒ほどのものです。この世の中には、人の知の及ばないことがそれこそ星の数ほどあります」

澄んだ瞳で、自空は控えめに言った。

「光り物もその一つというわけですね？」

「さようです。それこそ人魂である場合もあるでしょう。その魂の持ち主がいかなる人物か、どこからやってきて光り物になったのか、そこまで判じることなど、とてもできるものではありません」

「それはむずかしいかもしれませんね」

次の料理にかかりながらそう言ったとき、時吉の胸がわずかにうずいた。

あとになって、何かの拍子にふと思い当たった。

あれも虫の知らせだったのだ、と。

「世の中にはふしぎなことなどない、とでも占い師の方はうそぶかれるのかと思っていましたが」

隠居が笑みを浮かべた。

「とんでもありません。それは傲慢《ごうまん》というものです」

自空はすぐさま首を横に振った。

「世の中はふしぎなことに満ちています。わたくしどもが謎を解こうとしても、それは闇に閉ざされた荒れ野のほんの一角をかすかに照らすばかりです」

「光り物のほかにも、ふしぎなことはいろいろありましょうか」

指先を器用に動かしながら、長吉が問う。

「もちろんです。例を挙げれば、神隠しなどもそうですね」

「ああ、なるほど」

「なかには人にさらわれるっていうこともあるだろうがね」

と、季川。

「もちろん、神ならぬ人が隠して悪さをする場合もありましょう。ですが、神隠しとしか思えない出来事も、世の中にはたんとあるのです」

「たとえばどんなものでしょうか。……はい、お待ち」

長吉は木の葉型の皿に盛り付けたものを差し出した。

「ほう、これも趣向だね」

「中に餡でも入っていそうです」

客たちが歓迎の声をあげた。

長吉が出したのは、銀杏《ぎんなん》団子だった。

青みのあるぷっくりした銀杏のあくを抜き、弱火で煎る。塩がついたところを見計らって火を止め、三粒ずつ松葉に刺して並べる。これを盛り付けると、まるで小ぶりの蓬《よもぎ》団子が並んでいるかのような景色になる。

「うん、うまい」

ほどよい煎り加減だった。

隠居も占い師も思わず顔をほころばせた。

「それで、神隠しの話の続きですが」

長吉が水を向けた。

「そうでした。こんな話があるんです」

自空はちょっと座り直して続けた。

「荷を運ぶ船が浜辺に漂着したのですが、中に人はだれも乗っていませんでした。といっても、嵐に巻きこまれたような跡もありません。船の中では飯を食べつつ酒盛りをしていたらしく、酒がまだ注がれたままの盃もありました」

「どこへ行ってしまったんだろうね」

季川があごに手をやった。

「乗っていた者たちが海へ飛びこんでしまう理由はまったくありませんでした。本当にわけが分からないうちに、ひょいと神隠しに遭ってしまったとしか思えない出来事だったんです」

「怖いねえ」

「船ごとというのは目立ちますが、人だったらもっとちょくちょく起きているかもしれません。何かのはずみで、この世とは違うところに通じている道へ足を踏み入れてしまうことも、決してないとは言えないのです」

占い師の話を聞いて、時吉はまた妙な感じを覚えた。

つくっていた料理ができた。

「お口に合いますかどうか」

時吉が差し出したのは、茸と油揚げの炒り煮だった。

細切りにした油揚げから出る油を使うのがちょっとした工夫だ。椎茸、しめじ、榎茸の順に炒りつけ、頃合いを見て酒、醬油、味醂、水を加える。あとは強火で煮て、汁気がなくなったら火から下ろす。

仕上げは七味唐辛子だ。このひと振りで、器の中がぎゅっと締まる。

「油揚げは四つ足の肉みたいな嚙み味ですね」

自空が言った。

「茸の味もしみるから、なおさら深くなりますな」

隠居も和す。

「ありがたく存じます」

なにぶん師匠が近くに立っている。ほっとする思いで、時吉は頭を下げた。

「ふっと路地へ入ると、妙なところへ抜けちまうとか、そういった按配でしょうかねえ、神隠しってやつは」

少し間合いを図ってから、長吉が話を戻した。

「そういう場合もあるかもしれません。あるいは、雷に打たれたとか、地震で弾き飛ばされたりとか、そういったときにも起こりうるでしょう」

占い師はいったん箸を置いてから続けた。

「この世はなだらかな地続きというわけではありません。随所に思わぬ裂け目や穴のようなものが開いています。そこへ迷いこんでしまった者が神隠しに遭ってしまうのでしょう。その見えない橋のようなものの向こう側がどこに通じているのか、それは渡ってみなければ分かりません。わたくしに言えることは、それくらいです」

「なるほどねえ。まあ、なんにせよ……」

長吉はふと振り向いた。

赤子がまた泣きだしたのだ。

「身内の者が神隠しに遭ったりしないように願いたいものです」

「まったくだ」

と、隠居。

「もしお身内やご町内でそのようなことがございましたら、できるかぎりのことはさせていただきますので」

自空はていねいな口調で言った。

「その節は、よしなに」

時吉は如才なく言ったが、またしてもわずかに胸がうずいた。

その虫の知らせが本当になってしまうのは、それからまもなくのことだった。

第三章　浄土のふわり

一

「あったかいものが恋しい季節になってきたね」

と、源兵衛が言った。

今日ののどか屋の一枚板の席には、家主の源兵衛と質屋の子之吉《ねのきち》が座っていた。座敷には常連の大工衆がいる。大きな普請が終わったらしく、いつもより注文が多いが、おちよはまだ千吉とともに長吉屋にいる。運び手が足りないところは、客がわが手で運んであるじの時吉を助けていた。

「もうじき木枯らしが吹きましょう。一年なんてあっと言う間です」

背筋を伸ばしたまま、子之吉が盃を口元に運んだ。町内で萬屋《よろずや》という質屋を営んでいる。まっすぐなあきないぶりに定評のある男だ。

「そうだねえ……お、汁物かい？」

時吉の手元を見て、家主が問うた。

「ええ、かき玉汁で。狐丼《きつねどん》にはよく合います」

「なら、一杯いただこうか」

「わたしも」

一枚板の席から手が挙がった。

のどか屋に西日が差しこみ、普段は黒にしか見えないのれんの深い藍色をよみがえらせる頃合いだった。表の酒樽の上にしつらえられた寝床の中では、三匹の猫たちが思い思いの格好で寝そべっていた。

夕方にわが家へ帰っても、冷や飯を茶漬でかきこむくらいだが、のどか屋ではまだぬくみのある飯が出る。毎日、具の変わる混ぜ飯や丼も供される。腹が減ったら、酒よりまず飯だ。大工衆はこぞって狐丼、それにかき玉汁との組み合わせを所望《しょもう》したから、時吉は厨でおおわらわになっていた。

鍋に、だし、味醂、醬油の合わせ地を入れる。割合は七・五・三だから覚えやすい。煮立ったところで細切りの油揚げを入れる。しっかりとつくられた油揚げは、安くてこくが出るから重宝《ちょうほう》だ。

油揚げがしんなりとしたところで細切りの葱を加え、さっと火を通す。通しすぎてはいけない。葱のしゃきっとしたところを残す加減で火から下ろし、丼飯にかける。

仕上げは粉山椒だ。豆腐を焼く料理でも山椒が生きるが、油揚げでも変わりはない。これを混ぜて食せば、いくらでも胃の腑《ふ》に入る。

「うめえなあ、たったこれだけの具なのによう」

「ほんに、ありがたいこった」

できた分からどんどん運んで、座敷に着くなり食べだしたせっかちな大工衆が口々に言った。

丼が一段落したところで、汁に移った。

玉子はあらかじめよく溶きほぐしておく。だしに加えるのは塩と醤油だ。醤油は上《かみ》方《がた》の薄口のほうが品よく仕上がる。

汁が沸いたら玉子を回し入れ、素早く箸で混ぜる。彩りと香りづけに三つ葉の軸を加え、玉子がふわっと浮いてきたらすぐ火から下ろす。

煮すぎてはいけない。師の長吉の言葉を借りれば、「浄土のふわり」がなければならない。

かき玉汁を胃の腑に落とした隠居が、うなるように言った。

「うまいねえ」

「ほかに言葉が見つかりません」

子之吉もうなずいた。

「『浄土のふわり』とは、うまいことを言うもんだね。たしかに、この玉子の舟に乗ったら、ほんとにふわふわと浄土まで行けそうだよ」

「ありがたく存じます。ただ、それはまだお早いかと」

「はは、急ぐことはないか」

「なるべく、ゆるりとお向かいくださいまし」

「なら、そうするよ」

隠居は笑みを浮かべた。

「浄土のふわり、か……」

しみじみとした口調で、子之吉が言った。

この男、思わぬかたちでつれあいをなくしている。つい思い出してしまったのかもしれない。

「こういった見えない舟みたいなものが、人知れず、ほうぼうへ通ってるのかもしれないね」

隠居がそう言って、また、はふ、とかき玉を口中に投じたとき、のれんをあわただしく分けて一人の男が入ってきた。

湯屋の寅次《とらじ》だった。

しかし、いつものどか屋へ来るときの太平楽な顔つきではなかった。

湯屋のあるじは、どこか思い詰めたような表情をしていた。

二

「番所には知らせたのかい?」

寅次から子細を聞いたあと、季川がたずねた。

「ええ。ここへ来るまでに急いで寄ってきましたが、まったくあいつ、どこへ行っちまったんだか」

寅次は舌打ちをした。

話は、こうだった。

娘のおとせは十四歳で、町では知らぬ者のない看板娘だ。寅次がのどか屋で油を売っていると、早く湯屋へ戻れと呼びにきたりする。物おじせず、舌もよく回る活発な小町娘だった。

そのおとせが帰ってこないという。

今日は糸屋の娘のおさとと一緒に向島《むこうじま》へ出かけた。桜餅で名高い長命寺《ちょうめいじ》や梅若堂《うめわかどう》にお参りし、竹屋の渡しのほうへ向かおうとしたとき、にわかに雨が降りだした。

もちろん、若い娘二人だけで川向こうまで行ったわけではない。糸屋の手代が供として付き従っていた。

なのに、思わぬ成り行きになってしまった。

「その手代が何か隠してるんじゃねえのかい？」

「違《ちげ》えねえ。そんな一本道で消えるわけがねえじゃないか」

話を聞いた座敷の大工衆が口々に言った。

「あっしもそう思ったんでさ。それで、問い詰めてみたんですが、嘘をついてるような風《ふう》はまったくなかったんで」

「とにかく、おとせちゃんは煙みたいに消えてしまったと」

腑に落ちない顔で、季川は言った。

「そうなんで。手代の話によると、ざんざん雨が降ってきて、雷が鳴りだした。こりゃまずい、あそこの立ち木のとこまで走って雨宿りをしようってんで、急いで駆け出した。おとせも『はいっ』と元気に答えて、うしろで駆け出す気配がしたそうなんでさ」

寅次は案じ顔で言った。

「で、雷が落ちたのかい」

隠居が腕組みをした。

「そうです。ばりばりって、えれえ音が響いて、あたり一面が真っ平らになっちまったような光が放たれて……思わず二人ともその場にしゃがみこんで、頭を両手で隠したそうなんでさ」

寅次は同じしぐさをしてみせた。

「それで、雷と雨がおさまってあたりを見回したら、おとせちゃんの姿が見えなかったというわけですか」

時吉もいぶかしそうな顔つきになった。

「そのとおりで」

「ずいぶんとすぐ止《や》んだもんだね」

と、季川。

「狐につままれたみたいだと、糸屋の娘も手代も言ってました」

「あのあたりは土手道でしたね?」

子之吉が問う。

「ええ、一本道で。隠れるところもねえんでさ。大川へ身投げでもしねえかぎり」

わが言葉に験《げん》が悪いと思ったか、寅次は顔をしかめた。

「田んぼのほうへ転げ落ちたんじゃねえかと、ずいぶん探してくれたそうでさ。ちょうど見廻りのお役人も通りかかったもんで、陸のほうと川のほう、手分けしてやってくれたそうなんですが……」

「ゆくえ知れずというわけかい」

隠居が首をひねる。

「そりゃ難儀なこったな」

「おとせちゃんは狐じゃねえからよう」

「やにわに消えるわけがねえんだ」

「はて、この謎をなんと解く」

それまで進んでいた座敷の大工衆の箸がはたりと止まった。みんな思案投げ首の体《てい》だ。

「糸屋へ行ったら、旦那もおかみもわびに出てくれて、手代も娘も蒼い顔をしてました。みんなで芝居をしてるようにゃ見えねえ。こりゃあ、何かの間違いだ。のどか屋さんへ行ったらあいつがいて、いつもみたいに『おとっつぁん、いつまでここにお邪魔してるの。おっかさんが呼んでるよ』と……」

寅次はそこで声を詰まらせた。ついぞ見せたことのない表情だった。

無理もない。ときには喧嘩もするが、寅次にとっては大切な娘だ。そのおとせが帰ってこないのだから、案じるなと言うほうが酷だった。

「こりゃあ、あれじゃねえか？」

大工衆の一人がいくらか声を落として言った。

「あれって、何だ」

「ひょっとして、天狗にさらわれたんじゃねえかと」

「馬鹿言え。天狗がいるのは深《ふけ》え山ん中だ。向島なんぞに出張《でば》ってくるはずがねえ」

「天狗じゃなきゃ、神隠しか」

「神隠し……」

その言葉を聞いた時吉の脳裏に、長吉屋で占い師の自空から聞いた話がよみがえってきた。

船の乗り手が全員消えてしまった話だ。

何かのはずみで、この世とは違うところに通じている道へ足を踏み入れてしまうことも、決してないとは言えないのです。

自空の話を聞いて、時吉は妙な感じを覚えたものだ。あれは虫の知らせだったのかもしれない。

「神隠しだなんて、とんでもねえ。んなことがあってたまるかよ」

半ば泣き顔で、寅次は言った。

「とにもかくにも、皆で力を合わせて探そうじゃないか。何かの見間違いってこともある。雷が落ちたせいで、おとせちゃんは帰るところを忘れちまっただけかもしれない」

隠居はそう言って、時吉の顔を見た。

「だれかに似面《にづら》を描いてもらいましょう。それをもとに、わたしもひと肌脱がせていただきますので」

「うちも、できるかぎりのことはさせていただきます」

情のこもった声で、口数の少ない質屋が言った。

「どうか、よしなに。もうこうなったら、人頼み、神頼みしかねえんで」

寅次は両手を合わせて頭を下げた。

三

湯屋の客に似面の心得のある者がいた。町の顔役の源兵衛などがばたばたと動き、ほどなく刷り物がのどか屋にも届けられた。

それやこれやで、鉦太鼓《かねたいこ》でおとせのゆくえが探されたけれども、湯屋の看板娘が戻ってくることはなかった。

「どうも向島の界隈は、このところきな臭《くせ》えんだ」

檜の一枚板の席で、安東満三郎《あんどうみつさぶろう》が言った。

のどか屋の常連の一人だが、かなり珍しいつとめをしている。表向きはないことになっている黒鍬《くろくわ》の者の四番目の組、通称「黒四組」の組頭だ。

そのつとめの実態は、神出鬼没の隠密仕事だった。御城の御用もあれば、町場まで下りてくることもある。

「きな臭いと言いますと？」

隣り合わせた人情家主の源兵衛がたずねた。

「おとせちゃんだけじゃねえ。ほかにも神隠しが起きてる」

「ほう」

「どうも妙な按配でね。……お、甘えのかい？」

時吉の様子を見て、安東は身を乗り出した。

「はい。安東様が見えたらいつでもおつくりできるように、腕を撫《ぶ》しておりましたので」

「そいつぁありがたいね」

「わたしもいただきましょうか。いい色合いだ」

「承知しました」

時吉がつくったのは、白玉団子だった。

もち米の粉を鉢に入れ、水をちょっとずつなじませながらこねていく。手の腹を巧みに使って、しっかりとまとめていくのがこつだ。

棒のように整え、まな板の上で転がして一寸ほどの太さにする。続いて包丁を同じ息で上から落とし、幅をそろえて切っていく。

切り終えたものは手のひらで丸める。仕上げにちょいと指先に力を入れ、真ん中だけへこませるのが大事だ。これでぐっと火の通りがよくなる。

団子は沸かした湯で茹でる。ふわっと浮き上がり、つるりとした肌合いになれば茹で上がりだ。

茹で上がった白玉団子は冷たい井戸水で冷やす。これによって団子の肌がきゅっと締まる。最後にざるで水気をよく切ればできあがりだ。

今日は栗の甘露煮《かんろに》を乗せてみた。黄色い栗と白玉との取り合わせは彩りもいい。

「うん、甘え」

食すなり、安東満三郎は顔をほころばせた。

この御仁、とにかく甘いものに目がない。「うめえ」の代わりに「甘え」が出るほどで、甘いものさえあればいくらでも酒が呑めるという変わった男だった。おかげで名前と役目に引っかけて、「あんみつ隠密」と呼ばれている。

「栗と団子の嚙み味もいいね」

家主も満足そうだ。

「木の芽味噌などを乗せたら、普通の肴にもなりますし、味噌汁に入れてもなかなか合います」

「そりゃ重宝だ」

「でもよう、やっぱり甘えものだろう。こしあんなんかもうまいぞ」

「では、次はこしあんで」

白玉の話は一段落し、神隠しに戻った。

「川向こうだけじゃねえんだ。浅草から今戸《いまど》にかけても、神隠しが起きてる。どうも空の按配がねじれてるみたいな調子でね」

あんみつ隠密はそう言って、猪口の酒を口元に運んだ。

「そりゃ剣呑ですね」

と、家主。

「それだけじゃねえ。神隠しの逆で、ぽんとどこかから放り投げられてきたみたいなやつもいたらしい」

「と言いますと?」

次の肴をつくりながら、時吉はいぶかしそうにたずねた。

「三囲《みめぐり》稲荷の手前の土手のあたりに、瀕死の女が倒れてたんだ。かわいそうに、そのまま助からなかったんだが、あんまり見たことのねえような風体《なり》をしていたそうだ。で、その女、助けようとした百姓にこう言い残したんだ」

安東は声をひそめ、謎の女が言い残した言葉を告げた。

………が倒れた。


そう言い残したきり、いけなくなってしまったという話だった。

「とんだ判じ物だねえ」

源兵衛が首をかしげた。

「だろう？　いったい何のことだか、見当もつかねえ」

「安東さまでも分からないのでしたら、謎は解けないでしょう。……はい、お待ち」

時吉は小鉢を出した。

鰹節の佃煮だ。だしをひいたあとの鰹節を捨てるのはもったいない。猫にやってもいいのだが、佃煮にすればいい肴になる。

水と醤油を加え、ことことと炊いていく。杓子《しゃもじ》でつぶして舌ざわりよくしたあと、白胡麻を加える。

仕上げに酒か味醂を、と垂《ちゅ》らしてやる。安東にはもちろん甘い味醂のほうを出した。

「どこから来たんでしょうかねえ、その女は」

さっそく肴をつまみながら、家主が言った。

「分からねえ。まるで天狗がどこぞから『ほらよっ』とばかりに放り投げたような按配だったそうだ」

「世の中には、ふしぎなことがたんとありますね。……こら、お客さんのだぞ」

鰹節の香りに誘われてわらわらと集まってきた猫たちを、時吉は手で追い払った。

「まったくだ。お天道様《てんとさま》しか分からないどこぞかで、ええことが起きたせいかもしれねえな」

あんみつ隠密はそう言って、味醂の効いた佃煮を口中に投じた。

忙しい身の安東が腰を上げたあとも、客は途切れなくやってきた。

かつて縁があった「よ組」の火消し衆も顔を見せてくれた。おとせの件でこちらから出向こうかと思っていたところだから、これは好都合だった。

「この娘です。どうかよしなに」

時吉はさっそく似面を渡し、おとせのゆくえを探してくれるように頼んだ。

「湯屋の看板娘は、岩本町の小町娘。ゆくえ知れずになってからは、どうも町の灯りが消えたみたいでいけません。お力をお貸しください」

源兵衛も和す。

火消し衆は意気に感じる。男を見込まれた頼みとあらば、胸をたたいて引き受けてやり遂げようとする。

「承知しました」

「任しておくんなせえ」

「よく描けた似面だ。よ組の纏《まとい》にかけて、探し出してみせまさ」

頼もしいことに、火消し衆は半纏の組の名に手を当てて請け合ってくれた。

だが……。

一日が過ぎ、二日が経った。

そして、月が変わっても、おとせのゆくえは知れないままだった。

第四章　五色膾《ごしきなます》

一

「なら、あさってから戻るか？」

長吉が問うた。

「あいよ。千吉を背負ってあやすのも慣れてきたし」

おちよが笑って答える。

長吉屋の仕込みどきだ。のどか屋が休みの日、時吉は例によって師匠の見世に足を運び、わが子と女房の様子を見にきた。

おちよはすっかり血色が良くなった。前より福々しく見えるほどだ。

千吉も首が据わって、妙な言い方だがずいぶんと赤子らしくなってきた。のどか屋に戻ったら、酔った客が「ちょいと千ちゃんを抱かせてくんな」と手を差し出してくるかもしれない。客商売だから無下《むげ》に断るわけにもいかないところだが、粗忽《そこつ》な客にうっかり落っことされても平気なくらいにはしっかりしてきた。そろそろおちよが戻る頃合いだろう、と相談がおおむねまとまったところだ。

「お客さんが手伝ってくれるから、無理にみんな運ぶことはないさ」

　大根の下ごしらえをしながら、時吉は言った。

「まあ、無理しないでぼちぼちやるわ。お見世はどんな按配？」

「うーん……」

　時吉は少し間を置いてから答えた。

「なにぶんおとせちゃんの件があるから、町のどこかが陰ってるみたいな感じで、それがのどか屋にもいくらか影を落としているようだ」

「ほんとに、どこへ行っちゃったのかしら、おとせちゃん。あたしも近くのお稲荷さんに毎日お願いしてるんだけど」

　おちよは案じ顔で言った。

「今日は占いの先生が来る。似面を見せたんだが、さすがにそれだけじゃ分からねえらしい。おめえの口からも一度くわしく説明してみな。何か手がかりを見つけてくれるかもしれない」

長吉が言った。

「承知しました。ありがたく存じます」

時吉が頭を下げたとき、息子がまた泣きだした。

「おお、よしよし」

おちよがあやす。

「たまには連れてきな」

「あいよ。この子がじっちゃんの顔を忘れないくらいに大きくなるまで、長生きしてくれないとね」

「馬鹿言え」

半ば照れたように言うと、長吉は鍋の蓋を取ってあおぎ、煮物の具合をたしかめはじめた。

「まあ、なんにせよ、お天道さまから授かった命だから、大切にしないとね」

千吉の足首に手をやってから、おちよが言った。

毎日、折にふれて足首をさすってやったりしているのだが、いっこうに向きが正しくなる気配はなかった。いかに名医でも、これぱかりは手の施しようがないだろう。

「そうだな。もし大八車に轢《ひ》かれでもして、中途からこうなったらさぞや難儀をするだろうが、生まれつきなんだからいずれ慣れてくれると思う」

「申し訳ないねえ」

「ちよが謝ることはない」

時吉の口調がいくらかきつくなった。

「荷を軽くしてやんな」

煮物の鍋をどこかしみじみと見ながら、長吉が言った。

「ええ、杖の代わりになってやれるようにします」

時吉は太ももを軽くたたいた。

「わが足で歩けるようになればいいんだけどねえ」

と、おちよ。

「なるさ」

膾《なます》酢をつくりながら、半ばはわが身に言い聞かせるように時吉は言った。

五色膾《ごしき》は長吉屋がよくお通しに出す一品だ。

蕪《かぶ》と大根と人参を短冊に切り、塩を入れた水に小半時（約三十分）ほど浸けておく。

白と赤の次は黒だ。椎茸を焼き、薄く切っておく。

まだ青みが加わっていない。そこで、芹《せり》を茹でてざく切りにする。酢に水と味醂と塩を加えたものをひと煮立ちさせてから冷まし、下ごしらえをした材料を交ぜ、胡麻を振って仕上げる。

五色には一色足りないようだが、白は蕪と大根の二種がある。濃淡ばかりでなく、嚙み味の違いも楽しむことができる。なかなかに奥の深い料理だった。

「虚仮《こけ》の一念って言うじゃねえか。千吉が『どうあっても、歩きてえ』と思えば、きっと歩ける。そういうもんだ」

長吉がうなずく。

「じゃあ、おとせちゃんが『帰りたい』と思ったら帰れるかしら」

「帰れるさ、きっと」

このあいだ肩を落としてのどか屋に現れた湯屋のあるじの顔を思い浮かべながら、時吉は答えた。

「人にはふしぎな力がある。きっと帰ってくるさ」

長吉も和す。

表情が崩れ、目尻にしわがいくつも寄った。

二

「さすがに、この似面だけではちょっと……」

自空は申し訳なさそうに言って、おとせの似面を時吉に返した。

「やはり、紙では気というものが伝わりませんかねえ」

また一枚板の席に隣り合わせた季川が言う。

「ええ。もし髪の毛や爪などがありましたら、ひょっとしたら方角のあたりなどがつくかもしれません」

「なるほど。湯屋のあるじに伝えておきます」

鱈《たら》の蠟焼きの段取りを整えながら、時吉は言った。

「お願いいたします。それに、先日来、たびたび光り物が現れている場所は妙に限られています。いろいろと聞き込みをし、帳面にくわしく記して、易経《えききよう》などの先人の知恵に照らしつつ、大きな判じ物を解こうとしているところなのですが」

澄んだ目の占い師は、ゆっくりと盃に手を伸ばした。

「そういえば、お弟子さんは？」

隠居が訊く。

「光り物の聞き込みに回らせております。大川の近辺だけでも、かなりの人が見ているようなので」

「そりゃ大変だ」

「で、光り物の出方に何か平仄《ひょうそく》のようなものがあるんでしょうか」

長吉がたずねた。

座敷の客の波が去ったところで、いまは師弟が並んで厨に立っている。

「それをなんとか解こうとしているのですが……」

渋く笑って、自空は酒を呑み干した。

「次の光り物がどこに出るか。そもそも、光り物はどこからなにゆえに現れたのか、なかなか容易には謎が解けません」

「でも、こたびの光り物は、ただの雷なんかとは違うんでしょう？」

季川がたずねる。

「ええ、違います」

自空はすぐさま答えた。

「わたくしもこの目で見たことがありますが、まるで……そう、見えない千の手が救いを伸ばしているかのようでした」

「千の手が」

時吉は二本しかないわが手で鱈の身に黄身を塗り終え、仕上げにかかった。

鱈の身には塩を振り、半時ほど置く。出てきた水気を拭き取り、じっくりと火を通していく。

おおよそ火が通ったら、玉子の黄身に塩を振った衣を刷毛《はけ》で厚めに塗っていく。黄身を塗った面が蠟のごとくにつややかに光るところから、蠟焼きの名がある。

仕上げは火を通しすぎてはいけない。黄身が堅くなってしまったら、せっかくの魚の身とうまく響かない。さっと乾かせるくらいでいい。

「さようです。この江戸ではないどこかで、何か大事《おおごと》が起きたのかもしれません。どこかで大勢の人が救いの手を伸ばしている。助けてくれ、無事なところへ逃がしてくれと訴えている。その念が集まって光り物になっているような気がしてならないのです」

「江戸ではない、どこかですか。北の蝦夷《えぞ》地とか、そういった遠方でしょうかねえ」

だしに秘伝のたれを少し交ぜながら、長吉が言った。

「さあ、そこまではまだ見当が……お、できましたね」

「お待ちどおさまでございます」

時吉は鱈の蠟焼きを差し出した。

皿は両手で持ち、腰をかがめて下から出す。ゆめゆめ、「どうだ、食え」と上から出してはならない。時吉が師から教わったいちばんの心得だ。

「これは魚も成仏してるね」

箸を伸ばして一口食すなり、隠居は顔をほころばせた。

「ちょうどいい焼きかげんです。玉子の黄身も、とろっとしたところがわずかに残っていますね」

占い師も満足げな顔つきになった。

「ありがたく存じます」

師匠が近くで見ているから、おのずと気が張る。ほっとする思いで、時吉は一枚板の客に頭を下げた。

長吉はにゅうめんをつくっていた。

茹でた温かいそうめんだが、汁の味つけはさまざまだ。味噌仕立てもよく使うが、こたびはだしに秘伝のたれをわずかに交ぜ、醬油で締める味だった。具は小松菜で、仕上げに胡椒を振る。

「目の前でつくられると、食いたくなってくるね」

隠居が笑う。

「では、わたくしも」

手がもう一つ挙がった。

秘伝のたれは、毎日継ぎ足しながらつくる。蒲焼きや付け焼きなどに使うばかりではない。田楽《でんがく》の味噌に交ぜたり、煮物に加えたり、隠し味として多くの料理に秘伝のたれが用いられていた。

「ふしぎなものでしてね」

手を動かしながら、長吉が語りだした。

「弟子の見世へ行くたびに、たれをなめてみるんですが、ほんのちょびっとずつ味わいが違うんですよ。おんなじつくり方を教えたはずなのに」

「見世のつくり手の味が出るんだね」

「おそらく、そうでしょう。人や町、そういった目に見えねえものが秘伝のたれに溶け出していくんでしょうなあ。……はい、にゅうめんでございます」

椀が下から出た。

「来たね」

「来ました」

客たちが相好《そうごう》を崩す。

「おめえも食うか？」

師匠は時吉にたずねた。

「いただきます」

時吉はすぐさま答えた。

同じにゅうめんはのどか屋でも出す。食してみると、たしかに同じ味だが、どこかがほんの少し違っていた。

妙な言い方だが、同じなのに、違う。

「どうだ？」

「うちのと……いわく言いがたいところが違うような気がします。同じようにうまいんですが」

「そうだね」

季川がただちに同意した。

「長吉屋とのどか屋、わたしはどちらのにゅうめんも食べてる。同じように秘伝のたれを隠し味にした味つけだ。なのに、どこかが違う。どっちもうまいんだけどね」

「それが見世の味というものでございましょう」

自空がうなずく。

「たれも、人も、同じですね。長いときをかけて、ちょっとずつできあがっていく」

長吉の言葉に応えるかのように、奥のほうから赤子の泣き声が響いてきた。

「これから長いから大変だが、楽しみだね、時さん」

隠居が優しいまなざしで言った。

「はい」

短く答え、時吉は笑みを浮かべた。

三

明日はまたのどか屋ののれんを出す。そのための仕込みをしておかなければならなかった。

時吉は長吉屋を辞し、一人で帰路に就いた。あさってはおちよが千吉を連れて戻ってくる。またにぎやかになるだろう。

浅草の福井町から岩本町まで、まっすぐ戻るつもりだったが、ふと気が変わった。流れ星が見えたのだ。

どこか儚《はかな》げな尾を曳《ひ》いて、それは大川の向こう側へ消えていった。

胸さわぎがした。

おとせが神隠しに遭ったのは、川向こうの土手だ。ちょうどそのあたりへ星が流れたように見えた。

いや、星ではなかったのかもしれない。わずかなあいだだったから分からなかったが、あれは光り物だったかもしれない。

そう思うと、もう矢も盾もたまらなくなった。おとせが消息を絶ったところは、前にも歩いてみたことがある。むろん何の手がかりもなく、三囲《みめぐり》さまにお願いをして空《むな》しく帰ってきた。

あのときは昼間だった。夜にもう一度足を運べば、もしかしたら、何か見つかるかもしれない。

時吉は心を決めた。

たとえひとすじの細い糸であっても、手繰《たぐ》れるものは手繰ってみたい。

おとせがゆくえ知れずになってから、岩本町はいっこうに意気が揚がっていなかった。湯屋に気を遣って、皆で笑い、楽しそうにするのが憚《はばか》られるような雰囲気まで漂っている。おちよが赤子をつれてのどか屋に戻っても、おとせが見つからなければ町に活気は戻るまい。

そう思うと、おのずと速足になった。提灯《ちょうちん》をしっかり持ち、足元をたしかめながら大川のほうへ進んでいく。

川向こうへ行くには渡しもあるが、ここからなら大川橋（吾妻橋）を渡るのが分かりやすい。時吉はそちらのほうへ足を向けた。

夜はまだ浅い。折にふれて人とすれ違う。

「お参りしてくか？」

「どこへだい」

「ここいらなら、駒形堂《こまんどう》だろう」

「馬頭観音だな、承知」

二人連れの話を聞いて、時吉もお参りをしておくことに決めた。気の短い江戸っ子は駒形堂を「こまんどう」と約《つづ》めてしまう。

お堂がある河岸《かし》には舟着き場があり、それなりに人の姿があった。

それを目当ての茶飯売りも出ている。

千客万来
あんかけとうふ　茶めし
行灯《あんどん》にそう記されている。
茶飯ばかりでなく、餡かけ豆腐やけんちん汁も売っている。冷える晩にはありがたい物売りだった。
心は動いたが、先を急ぐことにした。
お参りを終えて立ち去る時吉の背に、「ちょいと待ちな」とばかりに茶飯の香りがまとわりついてきた。

四

大川橋を渡っているとき、稲妻が走った。

すぐさま雷鳴が轟く。

「まずいぜ」

「降られる前に帰《けえ》らねえと」

「急げ、急げ」

大八車がかたわらを急いで駆け抜けていく。

また稲妻が閃く。それは何かの兆しのように感じられた。

大川橋を渡り、向こう岸を北へ向かって進む。もう一つ短い橋を渡ると、右手は常陸水戸《ひたちみと》藩の蔵屋敷になった。人通りはない。辻斬りでも現れそうな淋しい場所だ。

北風がだんだん強くなってきた。いくぶん背を丸め、揺れる提灯《ちょうちん》をなだめながら時吉は歩いた。

対岸は浅草の町だ。灯りがちらほらと見えた。番所だろうか、大きな提灯の灯が暗い水面《みなも》で揺れている。それはまるで帰る場所をなくした人魂《ひとだま》のようだった。

とうとう雨が降りだした。冷たい氷雨《ひさめ》だ。やむなく提灯をたたみ、時吉は小走りに進んだ。行く手の三囲稲荷にたどり着けば、雨宿りができる。

裾をからげて半町（約五十メートル強）ほど走ったところで、ひときわ激しい雷鳴が轟きわたった。

時吉は立ち止まり、その場にうずくまって両手で頭を覆った。それほどまでに鋭い閃光が土手を走った。

恐る恐る見上げると、夜空に数千の白い手があった。もつれ合い、からみ合う手が必死に救いの手を伸ばしている。時吉の目にはそう見えた。

（こ、これは……）

いままでに見たこともない光景だった。天の一角が剝がれ、この江戸とは違う世界につながっているかのようだ。

ふと、うめき声が聞こえた。

時吉は我に返った。

だれかが倒れている。

助けを求めている。

声が響いたほうへ走る。

また稲妻が閃き、「ここだぞ」と告げるかのようにその場所を照らした。

ほどなく、見えた。

草むらのなかに、男が一人倒れていた。

第五章　万年酢

一

「酢が足りなくなってきたな」

切り干し大根の胡麻酢和えをつくりながら、時吉が言った。

「あいよ。あとで足しとく」

打てば響くように、おちよが答えた。

その背では、さきほどまでぐずっていた赤子が泣き疲れて寝ている。母になったおちよと息子の千吉は、のどか屋に帰っていた。

「もちっとして、うまいね」

一枚板の席に座った隠居が飯を口に運んだ。

「とくに、これは大ぶりの銀杏《ぎんなん》で、嚙みごたえがあります」

人情家主の源兵衛が和す。

「おう、うまそうだな。銀杏飯、こっちにもくれよ」

「おいらも」

「人が食ってるものは、うまそうに見えるからな」

「うまそう、じゃなくて、うめえんだ、のどか屋の料理は」

「ああ、そうだった。何食ってもうめえもんな」

小上がりの座敷に陣取った職人衆が口々に言った。

のどか屋に活気が戻ってきた。

何と言っても、おちよの笑顔だ。おかみが笑うと、見世に花が咲く。おまけに、その背には赤子がいる。これで活気が出ないはずがない。

のどか、やまと、ちの、三匹の猫たちは赤子の登場を必ずしも歓迎していないようだったが、それでもおちよの足元に擦り寄って親愛の情を示していた。

「まあしかし、消える者あれば現れる者ありで、世の中いろいろだね」

厨のほうを見て、隠居がしみじみと言った。

消えてしまったおとせのゆくえは、いまだに杳《よう》として知れなかった。湯屋の寅次はわざわざ鹿島《かしま》まで願《がん》を懸けにいったらしい。

「いまだに思い出さないかい？」

家主が声をかけたのは、時吉でもおちよでもなかった。

厨の中で働いている男だった。

「え、ええ……」

いささかあいまいな顔で、まだ若い男が答えた。

文吉《ぶんきち》という名前だった。

「でも、時さんが虫の知らせで川向こうの土手へ行ってなけりゃ、どうなってたか分からないからね」

と、季川。

「はい……ありがたいことです」

文吉はどこかおどおどした顔つきで言った。

草むらで倒れていた文吉を背負い、時吉は土手の道を引き返した。吾妻橋のたもとで駕籠を拾い、のどか屋に運んだ。

人手の多い長吉屋に運ぼうとはなぜか思わなかった。時吉は迷うことなくのどか屋を選んだ。

あとで文吉の口から思いがけない話を聞いて、そのわけが腑《ふ》に落ちた。ちゃんと呑みこむまで、ずいぶんと時のかかる話だった。

とにもかくにも、文吉はのどか屋でかくまうことにした。おちよと長吉には包み隠さず子細を伝えたが、初めはかついでいるのかと思われた。

無理もない。狐に化かされていると思われても仕方がないような、にわかには信じがたい話だった。

「いまは江戸を離れてるらしいが、そのうち自空先生が帰ってきたら相談してみる。それまで、お客さんには伏せときな」

長吉からはそう言われた。

むろん、そのつもりだった。そもそも、そんなことを告げても、だれも信じようとしないだろう。

というわけで、「稲妻に打たれたせいで、文吉はどこから来たのか思い出せなくなってしまった」という話を作り、のどか屋を手伝わせることにした。時吉と同じく、包丁を握っていた男だから、下ごしらえなどは抜かりなくこなせる。

「文吉さん、万年酢、足してみます？」

おちよが声をかけた。

「やらせていただけるんなら、ぜひに」

ひざに手をやって、文吉はていねいに答えた。

「助かるねえ、時さん」

「初めての弟子だからね」

謎解きをされていない隠居と家主が、口をそろえて言う。

「まだ弟子を取るような腕じゃないんですが。……はい、お待ち」

時吉は切り干し大根の胡麻酢和えを出した。

戻した切り干し大根には人参のせん切りを加える。鉢に一緒に入れたら、醤油を軽く振って絞る。この醤油洗いをしておくと、格段に味がしみてうまくなる。

和え衣は、白胡麻、味醂、白味噌、酢でつくる。大料理ではなく「小料理」を看板にしているのどか屋らしい、ささやかな小鉢だった。

「いや、もう十分な腕だよ。どの料理にも時さんの味が出てるから」

季川はそう言って、胡麻酢和えをうまそうに嚙んだ。

「ありがたく存じます。……文吉、滑らないように気をつけな」

酢の大瓶をつかんだ若者に、時吉は声をかけた。

「大丈夫です」

文吉は少し笑みを浮かべ、慎重に足を動かした。

その足の運びを、おちよも時吉も、どこかしみじみと見つめた。

文吉は、足が悪かった。

ただ歩くだけでも大儀そうで、生まれつき曲がっている足首の向きをたしかめながらゆっくりと進む。長年の習練で、物を持っても歩けるのだが、見ているほうはいささかはらはらさせられた。

おちよの背で寝ている千吉も、大きくなったらこのように歩くのかもしれない。いや、きっとそうに違いない。

そう思うと、成長した息子がそこに立っているかのようで、何とも言えない心地になった。

「お水とお酒、等分でお願いしますね」

おちよが声をかけた。

「はい。うちでもつくってましたから」

「おんなじ味がしたかい？」

「秘伝のたれと同じで……懐かしい味がしました」

時吉の問いに感慨を含む声で答えると、文吉は酢を枡《ます》で測りはじめた。

万年酢のつくり方はこうだ。

まず酢と酒と水を等量にして瓶に入れ、封をしておく。暖かいところに置いておけば、ざっとひと月くらいで酒と水が熟成してまろやかな酢になる。

酢を使ったら、その分だけの酒と水を足し、また酢になるのを待つ。こうやって継ぎ足しながら使っていけば、いつまでもなくなることがないから万年酢の名がついた。

さまざまな料理に用いる秘伝のたれも、折にふれて継ぎ足しながら使っている。煎《いり》酒《ざけ》やだしは日もちに限りがあるため、瓶で長く保存することはできないが、たれと万年酢は、言わば見世の顔として先へ伝えることができる。

「なら、このへんでお弟子さんのお手並みも拝見したいところだね」

源兵衛が言った。

「おお、そりゃいい」

「つくってるうちに、どこで見世をやってたか思い出すかもしれねえ」

「あったまるようなのをくんな」

職人衆からも声が飛んだ。

「みなさん、そうおっしゃる。やってみな、文吉。酢の瓶は運んでおくから」

「はい、承知しました」

文吉はやや緊張の面持ちで、厨の真ん中に立った。

油揚げに湯をかけて油抜きをし、短冊に刻む。なかなかに鮮やかな包丁さばきだった。

「えーと、師匠」

文吉は時吉をそう呼んだ。

「何だい」

「本日は、白菜《はくさい》は入っておりませんでしょうか」

厨の奥をあらためながら、やや不審そうに文吉はたずねた。

「何だって？」

「白菜、でございますが……」

どことなく片づかない顔つきをしている文吉のもとへおちよがあわてて近寄り、何事か耳打ちをした。それを聞いて、文吉ははっとしたような表情になった。

「三河島菜《みかわしまな》ならあるぞ」

それと察して、時吉も助け舟を出した。

「は、はい……では、それで」

文吉は額に手をやって汗をぬぐった。

「ほほう、軸のところと葉っぱを分けるんだね」

隠居が手元を覗きこんだ。

「ええ。この三河島菜だと、軸の白いところがいくらも取れないんですが」

文吉は残念そうに言って、なおも手を動かした。

弟子が披露したのは、三河島菜と油揚げの煮浸しだった。

どうにか切り分けた三河島菜の白いところを、胡麻油で炒める。そのかたわら、べつの鍋にだしを入れ、油抜きをして短冊に切った油揚げをあたためておく。味醂と薄口醤油を足して、やや甘めの味にしたほうがうまい。

軸に火が通ったところで、油揚げ入りのだしを張る。ここに三河島菜の葉っぱのところを加え、しんなりするまで煮る。

「うまそうだね」

「いい香りがしてきましたよ」

隠居と家主が言う。

「師匠、仕上げに削り節が要るんですが……」

椀に盛りながら、文吉が言った。

「分かった、すぐつくる」

「相済みません」

文吉が張った椀に、時吉が手早く削ったものをあしらう。それをおちよが運んでいく。見事な手の流れだった。

「いいねえ」

「削り節がお椀の中で踊ってら」

「お、うめえぞ、これ」

「胡麻油の香りがぷーんとしてよう」

座敷の職人衆が、にわかに騒がしくなった。

一枚板の客の評判も上々だった。

「これだったら、いくらでも胃の腑に入りそうだね」

と、隠居。

「さっぱりしていて、深い。見世で出してたのかい？」

源兵衛が文吉にたずねた。

「はい。お出ししておりました」

「そうそう。肝心の見世の名は？」

季川がたずねると、文吉はまたあいまいな顔つきになった。

「いずれ、思い出すでしょう」

代わりに時吉が言った。

「そうだね。つくっていた料理は憶えてるんだから、そのうちみんな思い出すさ」

「そうすれば、首尾よく帰れるね」

客の言葉に、土手で倒れていた男は、どこか陰のある笑みを浮かべた。

二

「毎度ありがたく存じました」

「またのお越しを」

笑顔で声をかけ、軒行灯の火を消す。

だが、のどか屋の一日はまだ終わらない。洗い物と掃除をし、明日の仕込みをしておかなければ、休むわけにはいかないのだ。

足が悪いのだからそんなに無理に動かなくてもいいと言っているのだが、文吉は「助けていただいたので」「休むのは相済みませんので」と言って何やかやと手伝おうとする。いたって心映えのいい若者だった。

猫たちのほうも性分が分かるのか、赤子にはびくびくしているのに、文吉の足にはすりっと身をこすりつけたりする。文吉の家にも猫がいたらしく、何度も感慨深げに背中などをなでてやっていた。

「あとは粕床《かすどこ》をつくって、仕込みを終えたらしまいだな」

厨の掃除を終えた時吉が言った。

「粕床なら、うちでもつくってました。それを漬けるんですか？」

文吉が指さした笊《ざる》の中には、茹でた玉子がいくつか入っていた。

「黄身は半茹でにしてある。これを漬けたら、目がまるくなるほどうまいぞ」

「粕床はなんべんも使えるから、いずれお魚も漬けられるし。……ああ、よしよし、お乳かい？」

目を覚ました千吉をあやすと、おちよは座敷で向こうむきに座ってお乳をやりだした。

「うちでは牛肉を漬けたりしていました。大変にご好評をいただいておりました」

文吉がそう言ったから、時吉はあいまいな笑みを浮かべた。

酒粕は手でちぎって大鉢に入れ、酒と水を振りかけて柔らかくする。ここに白味噌を交ぜ、よく擦ってなじませれば粕床ができる。

「玉子はかぶるくらいでようございましょうか」

文吉がたずねた。

「そうだな。土の中へ壺を埋めるような按配で」

「中にお宝が入っていましょうか」

文吉は珍しく戯《ざ》れ言《ごと》を口にした。

「割ると、とろっとしたうまいお宝が入ってるよ」

「味がしみて、おいしそうです」

「仕上げに黒胡麻をはらりと振れば、粕漬玉子のうまさがさらに引き立つ」

「青海苔なども良さげですね」

「ああ、それも試してみた」

「さすがは師匠ですね。で、お味のほうは？」

「もちろん、青海苔でもうまいし、彩りにも華があるんだが、黒胡麻の香ばしさのほうに軍配を上げたいね」

「なるほど」

そんな調子で、しばらく料理談義が続いた。

お乳を飲んで満足したのか、千吉は口をかわいく半開きにしたまま寝てしまった。

その赤子をやさしく揺すりながら、おちよは二人のやり取りをほほ笑みながら聞いていた。

赤子がいるといかにも狭いが、夫婦は二階の小部屋で寝ていた。文吉は座敷に布団を敷いて寝る。

二階の小部屋で寝るようにと勧めたこともあるのだが、そういった「どん詰まり」のところは怖くて長くいられない、とすまなそうな返事があったから無理強いはしなかった。時吉とおちよも先の大火で三河町の見世を失い、命からがら逃げ出したことがある。文吉がどん詰まりの場所を恐れる気持ちは痛いほど分かった。

「みゃあ」

いちばん小さいちのが、おちよの顔を見てないた。

小さいと言っても、初めて見たときよりずいぶんと大きくなった。母親ののどかとそっくりな柄《がら》の子猫だが、しっぽだけいやに短くて曲がっている。

その小ぶりの旗みたいなものをぴんと立てて、子猫は再び「みゃあ」と声を発した。

「遊べ」と言っているらしい。

「おう、遊ぶか?」

猫好きの文吉が表情を崩して声をかけた。

「なら、これで」

　おちよが遊び道具を手渡した。

「ありがたく存じます」

　文吉が受け取り、さっそく猫たちに振ってやる。

　飾り包丁が得意なおちよは器用なたちで、棒に端切れなどをくっつけて猫をじゃらす道具を上手につくる。ひらひらした色とりどりの細い布がくっついた遊び道具は、どの猫もたいそうお気に入りだった。

　のどかは二度もお産をしているのに、どうかすると子猫より勇んでつかもうとする。その愛らしいさまを見ていると、一日の疲れも吹き飛ぶかのようだった。

「物心ついたころから、家に猫がいたもので。……ほれほれ、おまえはどうだ」

　やまとをじゃらしながら、文吉は笑顔で言った。

「猫は何匹飼ってたんです？」

　おちよがたずねた。

「三匹おりました。のどかとちのによく似た柄の猫も」

「茶とらだね」

「はい……」

文吉は何度か瞬《まばた》きをした。

どういう感慨を催しているのか、いきさつを聞いている二人にはよく分かった。かわいがっていた猫と生き別れるつらさは身にしみている。

「ひょっとしたら、うちのと同じ血かもしれないな」

時吉が言った。

「そうかも、しれません」

重い息を含む返事をすると、文吉は毛づくろいを始めたのどかをしみじみと見た。

「じゃあ、あたしはそろそろ。夜中に千吉が起きるかもしれないので」

おちよが先に休んだ。

「お休みなさいませ」

文吉はていねいなあいさつをした。

とんとん、とおちよが赤子を抱いて階段を上っていく。

「おまえも寝るか?」

時吉が問うと、文吉は少し迷ってから答えた。

「小半時（約三十分）ほどよございましょうか」

文吉はそう言って、このあいだ座敷の隅に造ってもらった書棚のほうへ目をやった。

見世の常連には大工衆がいる。これくらいは目を瞠《みは》るほどの早業でこしらえてくれる。

「ああ、いいよ。おまえの目には珍しいものもあるだろう」

「見憶えのあるものもありました」

「ほう……大事にしてくれたのかな？」

「わたくしは、父から料理を教わりました」

座敷に座った文吉は、悪いほうの足に手をやった。

「ようやっと一人前になれたとき、父から包丁と秘伝のたれが入った壺と料理の本をもらいました。かなり使いこんで、線引きなども至るところに入ったぼろぼろの本ですが、ありがたくいただきました」

「そうかい」

「この本に見憶えがあります」

文吉は書棚のほうへにじり寄り、一冊の本を取り出した。

鯛百《たいひゃく》珍《ちん》料理秘密箱
そう記されている。奥付《おくづけ》を見ると「天明《てんめい》五年」と書かれていた。

「そこから何か料理をつくったかい？」

時吉が問うと、文吉は指まかせに開き、あるところを示した。

「この塩焼きは、見世でもよくお出ししていました」

「手が込んでいないだけに、鯛の身が活きる料理だからな」

文吉はうなずき、原文を声に出して読んでみせた。

「『これは人々よく知る所なり、鯛をよくよくあらひ候て、塩をふり、しばらくして、水にてまたあらひ、焼塩をふりて、遠火にてやき申候。やきしほにあらざれば、白くなり申さず候』。わたくしが持っていた本には、『焼塩』と『遠火にて』に線が引っ張ってありました」

「おやじさんが心覚えにつけたんだね」

「ひょっとしたら、祖父か曾祖父かもしれません」

「なるほど……」

「料理の勘どころにたくさん線が引いてありました。判じ物のような書き込みもありました。その一つ一つが腕の肥やしになっていました」

「おやじさんは早く亡くなったのかい？」

「はい。はやり病で亡くなりました。後を追うようにして、母も。叔母が見世を手伝ってくれていたのですが……」

文吉は言葉を呑みこんだ。

「無事かもしれないよ」

「いえ、火が……」

と言ったきり、文吉は何かをこらえるような顔で黙りこんだ。

その肩を、時吉は優しくたたいてやった。

言葉にはならなかった。自分も焼け出されたことがある。そのつらさはよくよく分かった。

「寝るか？」

ややあって、時吉は声をかけた。

「はい」

文吉はいくらか濡れた目を上げ、線が引かれていない書物を閉じた。

三

翌《あく》る日、夜が更けてそろそろ火を落とそうかという頃合いに、一人の男がのどか屋ののれんをくぐった。

「いらっしゃいまし」

「いらっしゃい――……」

時吉とおちよの声が重なる。

「おう、これは」

一枚板の席に座っていた源兵衛が猪口《ちょく》を置いた。

「ようこそ、お帰り」

そろそろ腰を上げようとしていた隠居が情のこもった声をかけた。

姿を現したのは、湯屋のあるじの寅次だった。

「ご無沙汰で」

腰をかがめ、軽く手刀を切ってから一枚板の席の端に座る。

「御酒で?」

「ああ、ぬる燗で」

「承知しました。肴はいかがいたしましょう」

時吉が問うと、寅次は息を一つついてから答えた。

「何か、ちいとでも精のつくものを」

おとせが神隠しに遭った心痛のせいか、寅次の背はいくらか丸まってしまったように見えた。

「鮪《まぐろ》の料理でよろしいでしょうか」

「ああ、任せるよ」

師の長吉も使わないような下級の食材だが、鮪はなかなかに侮れないと時吉はかねてより考えていた。「づけ」にすれば寿司種《すしだね》になるし、うまく煎酒を按配すれば刺身でもいける。

「そうそう、おかみ」

作務衣《さむえ》のふところから、寅次は小さな包みを取り出した。

「こいつぁ、つまんねえもんだけど、鹿島《かしま》の土産で。千ちゃんにはまだ早いかもしれねえんだが」

「まあ、ありがたく存じます」

背に赤子を負うたおちよは、座敷の片付け物の手を止めて包みを受け取った。開く。

中から現れたのは、小ぶりのでんでん太鼓だった。鹿島詣《もうで》の土産らしく、魔よけの祝詞《のりと》が太鼓に記されている。

「子供が無事育つようにっていう、願《がん》が懸かってるらしいんで」

どこか寂しげに、寅次は言った。

「お気遣い、ありがたく存じます」

「ほんに、何よりのお土産で。……ほら、千吉」

眠そうにしていた赤子をゆすり、おちよはでんでん太鼓を動かしてみせた。

光を帯びた赤い玉が動き、てんてん、てんてん、と涼やかな音を響かせる。

「おや、べつの子らがお気に召したみたいだね」

季川が笑った。

でんでん太鼓の動きがよほど面白かったのか、猫たちがわらわらと座敷に集まり、にわかに飛んだり跳ねたりしはじめた。

「おお、よしよし」

逆に、千吉は泣きだした。

「こりゃ、とんだ猫じゃらしだったな」

源兵衛がそう言ったから、のどか屋に和気が満ちた。

そうしているあいだ、時吉は厨で文吉に指導をしていた。

「焼き加減は、照りが按配よく出るくらいで、焦がさないように」

「はい。添えるのは？」

「大根おろしを笊《ざる》に入れて水にさっとくぐらせ、しゃきっとさせてから絞る。そこに柚子《ゆず》の皮を刻んだものを交ぜるんだ」

「へえ、柚子を」

「さっぱりしてうまいぞ。鮪の味が濃いから、ちょうど合うんだ」

鮪は味噌床に一晩漬けておいた。

切り身の表裏に塩を振り、小半時ほど置く。水で洗ってよく拭いた切り身を、赤味噌に酒と味醂を交ぜた味噌床に漬ければ仕込みは終わりだ。一晩寝かせれば、味がしみる。

文吉は真剣なまなざしで鮪を焼き、柚子の皮入りの大根おろしを添えて仕上げた。

「おまちどおさまでございます」

教えなくても、皿が下から出ていた。父からも祖父からも、そう教わっていたらしい。その話を聞いて、時吉もおちよも胸が詰まったものだ。

料理の評判は上々だった。

「鮪もこういう衣装を着せてやるとうまいもんだね」

「柚子おろしと一緒に食べると、えも言われぬ口福《こうふく》ですな」

「家では味わえない料理ですよ、こりゃ」

一枚板の客たちが口々にそう言ったから、文吉はほっとしたような笑みを浮かべた。

時吉はおちよに目配せをした。そろそろ肴も尽きてきた。見世を閉める頃合いだ。

客に気を遣わせないように、おちよはそっと表へ出て軒行灯の灯を消した。

「まま、一杯」

「や、どうも」

差しつ差されつして酒が進み、寅次の顔がほんのりと赤く染まってきた。

「で、鹿島詣はどうでしたかい？」

人情家主が穏やかな顔でたずねた。

「鹿の背中をなでてやりました」

「ほう、鹿がいますか」

「そりゃ、鹿島ですから」

「奈良の鹿は鹿島からはるばる渡っていったものだからね。途中でずいぶん亡くなった鹿もいたようで、鹿骨《ししぼね》などという地名になっている」

隠居が蘊蓄《うんちく》を披露した。

「大変だったんですな、鹿も」

寅次はまた猪口を口元へ運んだ。

なにぶんおとせはまだ見つかっていない。ともすると、見世じゅうが静まり、湿っぽい空気が漂ってしまう。

「ほら、千吉、面白いね」

それと察して、おちよがでんでん太鼓を動かし、無理にでも和気をつくってみせた。

「そろそろ、自空先生も戻ってくる頃合いだからね」

隠居が言った。

「有名な占いの先生ですな」

と、源兵衛。

「そう。こたびの光り物はあまりにも尋常じゃないから、関八州《かんはっしゅう》を回っていろいろ聞き込みをしているらしい。もし何かつかんでいるのなら……」

「おとせのゆくえも分かりましょうか」

寅次が猪口を置いた。

「ああ、きっと探し出してくれましょうぞ」

「ついては、これを持ってきたんです、ご隠居」

寅次はふところを探り、小ぶりの風呂敷に入れたものを取り出した。

いくらか手がふるえていたので、蝶々の結び目をほどくのに手間がかかった。

江戸紫に斧琴菊《よきこときく》の模様、小粋な風呂敷包みから現れたのは、蓋に観音さまが描かれた陶製の小物入れだった。

小さな入れ物の蓋を取ると、中には干からびたものが入っていた。

「あいつの……おとせの、臍《へそ》の緒でさ」

いくぶんかすれた声で、湯屋のあるじは言った。

その猪口に、人情家主が黙って酒を注いでやる。

「大事にとっといたんで」

目を何度かしばたたかせてから、寅次は続けた。

「いつか、あいつが嫁にいくとき、こいつを見せて……おめえ、こんなにちっちゃかったんだ、おっかさんとこうやってつながってたんだぜ、って言って、見せてやろうと思ってさ。それから、おめえも丈夫な子を産みなって……」

そこで言葉が途切れた。

座敷でおちよが泣いていた。袖で顔を覆っていたが、わずかに声が漏れてきた。

厨の奥で洗い物をしていた文吉がうしろを向いた。その肩が小刻みにふるえていた。

何か言わなければ、と時吉は思った。

だが、情けないことに、何も言葉が思い浮かばなかった。

「つらいねえ……」

と、隠居が言った。

年の功をそのひと言にこめたかのような、情のこもった声だった。

「つらいっすよ」

神隠しの前まではいつも陽気だった寅次は、太息《ふといき》をついてから言った。

「こっちもあきないですから、番台には立たなきゃならねえ。おとせも座ってた番台にね。なかには、おとせに似た年格好の娘も来まさ。それがみんなおとせに見えるんで。……なに、湯屋だけじゃねえ。往来を歩いてても、向こうから髪に半四郎鹿《はんしろうか》の子《こ》の手ぬぐいを飾った娘が歩いてきたりしたら、みんなおとせに見えるんでさ、これが。あるとき、娘がこっちへ手を振ったんで、『おお、おとせが帰ってきた。いままで何やってたんだい』って近づいて手を振り返してやったら、その娘、おいらのうしろにいた朋輩《ほうばい》に向かって振ってただけだったんで、ずいぶんと変な顔をしてました」

寅次は泣き笑いになった。

また間があった。

「そろそろ火を落とさせていただきますが、何かおつくりいたしましょうか」

時吉は穏やかにたずねた。

「何が残ってるんだい？」

隠居が問う。

「本日はあいにく、干物とか、香の物とか、そういったものしか残っておりません。相済みません」

「なら、干物をもらおうかね」

源兵衛が言った。

「なら、もう一つ」

寅次も手を挙げた。

「ここんとこ、干物はおとせの好物でね。猫にも喜んであげてましたよ」

湯屋のあるじは、ちょうど通りかかったちのを指さした。

のどかが二度目に産んだ子猫のうち、一匹は湯屋にもらわれておとせがかわいがっていた。

「元気にしていますか、猫ちゃんは」

涙をふいて、おちよがたずねた。

「いや……あいつが急にいなくなっちまったんで、いろいろ探してまさ。箪笥《たんす》の裏とか、お櫃《ひつ》の中とか。猫なりに思案したんでしょう。猫は忘恩の畜生だって猫嫌いのやつは言いますが、とんでもねえ、情のある猫だっておりまさ」

「案外に恩を忘れなかったりするんですよ、猫は。だから、いっとき姿を消しても、ふらっと戻ってきたりします」

おちよは毛づくろいをしているのどかのほうを見た。

もう一匹のやまとは、にわかに浮足立ってきた。文吉が干物を焼く匂いが座敷まで漂ってきたからだ。

「これくらいでよございましょうか、師匠」

「ああ、いい頃合いだ」

鯵《あじ》の干物の肌にいい感じの脂《あぶら》がふつふつと浮いてきたのを見て、時吉は答えた。

「大根おろしを添えてお出しします」

「干物がちょっとしょっぱいから、ちらりと醬油をかけたほうがいいぞ」

「そうすると、さらにしょっぱくなりませんか？」

ややいぶかしそうに文吉はたずねた。

「それが面白いことに、しょっぱくなるはずの醬油をかけたら、馬鹿に甘くなってうまいんだ」

「へえ、そうなんですか」

「銚子《ちょうし》の漁師に教わった食べ方だ。試してみな」

「はい」

文吉はすぐさまうなずいた。

「で、おまえさん、おとせちゃんの臍の緒はお預りするの？」

料理談義をしている二人にやや業を煮やしたように、おちよが近づいてたずねた。

「ああ、そうだな。自空先生がうちに見えるかもしれないし、こちらから師匠のところへ行ってもいい。力のある占い師がこれを見たら、おとせちゃんの居どころの察しがつくかもしれない」

「なら、わたしからも長吉さんに声をかけておくよ」

隠居も和す。

「どうかよしなに」

寅次が深々と頭を下げた。

「できるかぎりのことはさせていただきますので」

時吉はそう言うと、できあがったばかりの干物の皿を出した。

今日の締めくくりの料理もなかなかに好評だった。

「のどか屋らしい、なんともほっこりした味だね」

「鯵が味だ、ってことですな」

家主が出来の悪い地口《じぐち》を飛ばす。

寅次も笑みを浮かべ、干物を口に運んだ。

だが、すぐさま表情が陰り、顔じゅうがあいまいに崩れた。

「どうしなすった？」

隠居が問う。

「あいつは……おとせはどこかでちゃんと物を食ってるのかと思ってね。ひょっとしたら、もう物を食えねえ身になっちまってるかもしれねえ。そう思うと、おいらだけのうのうと、こんなうめえものを食っててていいのかと……」

湯屋のあるじは箸を置いた。

そして、袖に目を当てて嗚咽《おえつ》にむせびだした。

第六章　命のたれ

一

休みの日なのに、のどか屋の一枚板の席が埋まった。

師匠の長吉、隠居の季川、それに、占い師の自空とその弟子の四人が並んで座る。

「見世はよろしいんで？　師匠」

時吉が声をかけた。

「むずかしい客は来ねえから、弟子連中に任せておけばいいさ。……これ、千吉、機嫌はどうだい」

こわもての料理人の目尻にしわがいくつも寄った。どうやら孫の顔を見るのも、のどか屋へ足を運んだ目的らしい。

「こないだ、ちょっとだけ這《は》ったのよ、おとっつぁん」

おちよが自慢げに言った。

赤子は寝るのもつとめだ。さきほど母の乳を呑み、いまは安らかな寝息を立てている。

「おう、そうかい。それなら、もうじき……」

そこまで言った長吉は、ふと厨のほうを見て言葉を呑みこんだ。

「わたくしは杖を頼りに、父とともにずいぶん歩く稽古をいたしました」

それと察して、文吉が言った。

「その甲斐あって、厨でも動けるようになったんだな」

長吉はあたたかいまなざしで見た。

「父は、絶対歩けるようになるから、くじけずにやれ、とずいぶん励ましてくれました」

「ありがたいな」

「はい」

「おまえもそうしてやれ、時吉」

「もちろんです」

時吉はすぐさま答え、おちよのほうを見た。

「もう少し大きくなったら、おとっつぁんを杖にして歩いてみようね」

おちよはそう言って、眠っている千吉の足を優しく手でもみほぐした。

「それにしても、奇《く》しき縁ですな、先生」

長吉は自空に語りかけた。

料理人と隠居は昼酒だが、占い師とその弟子は茶を呑んでいる。

時吉も厨にいるが、料理をつくっているのはもっぱら文吉だ。埋まっているのは一枚板の席だけということもあり、弟子に任せることにした。

「縁、と言いますか……」

しばらく関八州を回っていた占い師は、いくらか思案してから続けた。

「先頃からの光り物騒ぎをいろいろ調べて、絵図面にしてみましたところ、やはり尋常ならざる事が起きていると言わざるをえません。あらぬところに橋が架かってしまい、あるはずのない、またあってはならない人の往来が起きてしまったんです」

「あってはならない往来、と」

時吉は復唱した。

「そうです。神隠しに遭った娘さんの臍の緒と、文吉さんのお顔を同時に拝見して、なおさら意を強くしました」

「なら、その往来を逆さまにすることもできるんじゃないかと」

「ええ。その兆しを見逃さないようにしたいと思います」

自空は一つうなずいた。

「わたしゃ、いまだにかつがれてるんじゃないかと思ってるんだが、違うようだね」

今日、初めていきさつを聞かされた季川が、息を含む声で言った。

「相済みません」

文吉が頭を下げる。

「あんたが謝ることはないよ。とてつもない苦労をしたんだからね、その話が本当だとしたら」

隠居はまだいくらか腑に落ちない顔つきをしていた。

「ところで、師匠。南瓜《かぼちゃ》の煮物に金山寺《きんざんじ》味噌をかけたいのですが……」

「何か足りないものはあるか？」

時吉が問うと、文吉はやや片づかない顔で答えた。

「ええ、玉葱《たまねぎ》があればありがたいんですが、近くの軒にでも吊るしておられるのではないかと」

玉葱を吊るして天日に当てると、甘みが増してうまくなる。だが、時吉は首をかしげるばかりだった。

「玉葱だって?」

「はい……」

「普通の千住《せんじゅ》あたりの葱とはどう違うんだ?」

「その……丸まってて、剝いても剝いても皮ばかりっていうやつで」

「ご存じですか? 師匠」

問われた長吉は苦笑を浮かべた。

「知らねえな。たいていの野菜は知ってるんだが」

「あっ、そうすると玉葱は……」

文吉はうかつだったという顔つきになった。

「前に白菜とか言ってたが、あれも扱ったことのないものだった。いままで見たこともない」

時吉は、弟子の肩をぽんとたたいた。

そして、料理の味をかんでたしかめるような口調で言った。

「玉葱も、白菜も、江戸にはまだなかった野菜なんだ」

二

江戸時代、玉葱は長崎に伝わったが、観賞用でしかなかった。食用として栽培されるようになるのは、明治に入ってからだ。嚆矢《こうし》となったのは札幌農学校だった。

意外にも、白菜はもっと遅い。日清・日露戦争に出征した兵士が気に入って種などを持ち帰ったものの、そのまま根づくことはできなかった。その後、明治末期から大正にかけて育種が飛躍的に進み、ようやく現在のような結球する白菜が栽培されるようになった。

「いつも、のどか屋で白菜や玉葱を普通に使っていたものですから。金山寺味噌は浅《あさ》葱《つき》だけでつくります」

文吉は言った。

のどか屋、と言っても、江戸の岩本町にある見世ではない。文吉が切り盛りしていた、大正時代の東京の店だった。

「そちらののどか屋の料理も、一度食べてみたいもんだな。浅草でやってたんだろう？」

長吉がたずねた。

「はい。本願寺《ほんがんじ》の門前に父から継いだのれんを出しておりましたが、おそらく焼けてしまっただろうと」

浅葱を刻みながら、文吉は答えた。

「ということは、のどか屋とは違うところにいたわけだね？」

隠居が訊く。

「ええ……三囲稲荷の近くを散策しておりました」

文吉の表情が陰った。

「それは、おとせという娘さんが姿を消したところだね」

自空が腕組みをした。

「すると、やっぱり入れ変わりに？」

おちよが座敷から言った。

「いや、まだ分かりませんが、見えない橋の架け違いがあったのなら、そういうこともあろうかと」

占い師はそう言うと、弟子の手元を見た。

自空の代わりに、弟子がしきりに筆を動かし、小ぶりの帖面になにごとか書きつけている。

　ほどなく、南瓜の金山寺味噌ができあがった。

　玉葱という未知なる食材こそ使われていないが、もろみ味噌に浅葱を交ぜたものを蒸した南瓜に載せていただく料理は申し分なくうまかった。蒸せば南瓜の甘みが出る。それを金山寺味噌が存分に引き立てる。

「こういう料理を出してたんだねえ」

　隠居が感に堪えたように言った。

「時吉の味に、どこか似てるな」

　と、長吉。

「そりゃ、師匠、同じたれを使ってたわけですから」

「同じであって、同じじゃねえたれだな」

「はい」

　土手で倒れている文吉を見つけた時吉は、駕籠でのどか屋へ運んだ。

　正気づいた文吉から話を聞いた時吉は、むろん初めは信じようとしなかった。雷に打たれたせいで、あらぬことを口走っているのだと思った。

　だが、作り話にしてはあまりにも手がこんでいた。

御一新《ごいっしん》があり、江戸は東京と名が改まった。

その後、清《しん》国や露西亜《ろしあ》といくさがあった。

などなど、途方もないことばかり文吉は語った。一介の料理人にこしらえられるような話ではない。

時吉の心がぐらりと揺れ、天秤秤《ばかり》がにわかに傾いたのは、文吉がのどか屋のたれをなめたときだった。

(料理人だったというのなら、何かつくってみな)

時吉の言葉に応え、鰯《いわし》の蒲焼きをつくろうとした文吉は、厨の壺のたれを指ですくってなめてみた。

そして、落涙したのだ。

(これは、うちの味です。のどか屋のたれです)

何度もそう言いながら、文吉は号泣した。

その涙を見たときから、時吉は信じるようになった。

およそありえないような話を。

にわかには信じがたい、文吉の身の上話を。

「見世のたれだけじゃなくて、料理人の血も受け継がれていったんだねえ」

南瓜を味わった隠居が、しみじみと言った。

「その本も、大事にしてもらったみたいです」

時吉は座敷の書棚を指さした。

文吉は『鯛百珍料理秘密箱』に見憶えがあった。ただし、まだ線は引かれていなかった。「焼塩」「遠火にて」などに線を引いたのは、時吉と文吉のあいだにいただれかだ。

赤子が目を覚ました。

「おお、よしよし。おまえが本に線を引っ張ったのかい？」

おちよが千吉をあやしながらたずねた。

「そいつは訊いても分かるめえよ。……なんだか、頭ん中がこんがらがってきたな」

長吉が髷をぴしゃりとたたいた。

「そうすると、千ちゃんは文吉さんの何になるんだい？」

隠居がふと思いついたように問うた。

「父は武吉《ぶきち》で、祖父は音吉《おときち》です。勘定してみたところ、その一代前の曾祖父に当たるんじゃないかと」

塩でもんだ蒟蒻《こんにゃく》を洗いながら、文吉は言った。

「さらに、その上が時さんかい」

「そういうことになりますね」

「その師匠が、おれだ」

長吉がわが胸を指さした。

「『吉』の源はおとっつぁんなんだから、たいしたもんだよ」

おちよがいくらか茶化して言った。

「でも、妙な感じがいたしました。千吉ちゃんを抱かせてもらったんですが、わが手に抱いているのは、わたくしのひいおじいさんなんですから」

文吉はそう言うと、蒟蒻を細切りにしはじめた。

「悪いね、文吉さん。千吉の足の悪いところまで継がせちまって」

おちよが赤子の曲がった足に手をやる。

「滅相《めっそう》もございません」

文吉は首を横に振った。

「祖父の音吉もいくらか足を引きずっていました。物心ついたころ、祖父からはこう言われました。『おまえは足が悪いから、人の痛みが分かる。その分、優しくなれる。

だから、神様に感謝しな』と」

「……いい言葉ね」

おちよは千吉の顔を見た。

「でも、このたびは、わが足が動かないことが心底うらめしかったです」

蒟蒻をていねいに乾煎《からい》りしながら、文吉は言った。

「足が動けば、自分の力で逃げられたかもしれないんだからな」

時吉は話の細かいところまで聞いていた。

「はい……」

悔しそうな表情になると、文吉は蒟蒻の下ごしらえを終え、水切りをした豆腐をつぶしはじめた。

つくっているのは、蒟蒻と小松菜の白和えだ。すでに小松菜は茹でてある。

和え衣は、白味噌に赤味噌、味醂、砂糖、それにすり胡麻を多めに加える。江戸も大正も変わらぬつくり方で、どこか懐かしい味がする。

「あ、そうそう」

ぐずりだした千吉にお乳をやりだしたおちよが、向こう向きで言った。

「文吉さんが継いでくれたことはまだあるんですよ、師匠」

おちよが師匠と呼ぶのは、俳諧の師の季川だ。

「のどか屋ののれんのほかにかい？」

「ええ」

「足の悪いことをべつにして、だね」

「そうです」

「こうして見てると、文吉さんも時さんに似て、きりっとした男前だね」

おちよは笑って答えなかった。

「どうも分からないねえ。答えを教えてくださいよ」

「では、わたくしから。その前に……蒟蒻と小松菜の白和えでございます」

文吉は人数分の小皿を一枚ずつていねいに下から出していった。

「で、答えは？」

隠居がうながした。

「はい。かじる程度ですが、わたくしも俳句をやっておりました」

「ほう……。そりゃきっと、おちよさんの血だね」

「ありがたく存じます」

文吉は座敷のほうへ頭を下げた。

「こちらこそ、ありがたいことで」

赤子に乳をやり終えたおちよは、襟元を直しながら言った。

「若《わけ》えのに、渋い味だな」

白和えを吟味しながら食した長吉が、そう評した。

「いま少し、甘みが足りませんでしょうか」

「いや、これでいい。でしゃばらずにすっとうしろに控えて、しっかりついてくるような いい味だ」

「ありがたく存じます」

「おまえみたいだね」

自空が弟子の顔を見て言ったから、一枚板の席に和気が生まれた。

その後はしばらく俳句の話になった。

文吉は独学で俳句をたしなむようになり、渡辺水巴《わたなべすいは》が主宰する「曲水《きょくすい》」に投句していた。だんだんに俳句仲間もできた。

その一人とともに、文吉はその日、向島のあたりへささやかな吟行に出かけていた。

目に映る景色を楽しみながら、折にふれて句を詠《よ》む遊びだ。

だが……。

思わぬかたちで暗転した。

だしぬけに、大地が激しく揺れたのだ。

文吉が遭遇したのは、関東大震災だった。

三

文吉の話をじっくり聞くには、座敷のほうがいいだろう。酒や肴に不足があれば、時吉が用意すればいい。

そう話がまとまって、一同は小上がりの座敷に移った。

「ちょいとどいておくれよ」

丸まって寝ていた猫たちを、隠居がひょいとどかす。

「うちもこんな感じでした」

いくらかつらそうな目で、文吉は猫を見た。

「ずっと飼ってたんですよね」

おちよが言う。

「物心ついたころから、猫は家におりました。ですが……」

文吉は言葉に詰まった。

話を聞くかぎり、とてつもなく大きな震災だったらしい。たとえ大正とやらに戻れたとしても、再会するのはむずかしいだろう。

「ま、ともかく、皆で座って酒を」

長吉が場を仕切った。

「自空先生もおられるんだ。そのうち、いい知恵も出るやね」

「そうだね。聞きたい話もたんとある」

隠居がそう言って、ゆっくりと腰を下ろした。

また寝てしまった千吉は、おちよが二階へ連れていった。布団に寝かせておき、泣き声が響いたら見にいけばいい。肩が凝るのか、階段を下りてきたおちよは首をゆっくりと回した。

時吉は厨で鍋の火加減を見ていた。つくったのは文吉だ。休みだから食材は限られているが、何かほっこりと温まる料理をという時吉の注文に応えて、少し思案してからつくりはじめたものがもうじきできあがる。

「わたくしはこちらで」

文吉は遠慮をして、下座に座ろうとした。

「今日は客だ。そこへ座れ」

長吉が有無を言わさず、上座へ座らせた。

と言っても、取り澄ました掛け軸などは掛かっていない。壁に貼ってあるのは、料理の品書と、おちよが句をしたためた短冊だ。

凩《こがらし》やこの一杯のあたたかさ

木枯らしではなく凩と書くと、中にいる「木」がのどか屋で燗酒を呑んで温まっているように見える。

自空が文吉に酒をすすめた。

「まあ、一杯どうぞ」

「ありがたく存じます」

恐縮しながら猪口を差し出す。そのしぐさや息遣いなどを、占い師はじっと吟味するように見ていた。

「文吉さんはどんな句を詠んだい？」

季川が温顔でたずねた。

「わたくしの俳句などは、いたって素人臭いもので」

「でも、自信作の一句や二句はあるだろう」

「いえいえ、人さまに言えるようなものはございません」

と、尻ごみしていた文吉だが、まわりから重ねて請われると、一句だけと断ってからこう披露した。

浅草は夢の中なり秋の蝶

「ゆうべ、夢に浅草を見ました。地震が来る前のにぎわった町の外れで、わたくしはのどか屋を……」

そこまで言って、文吉は猪口の酒を呑み干した。

蝶は春の季語だが、秋にも飛ぶ。ただし、群れからはぐれてしまったかのようで、その姿は物悲しい。老蝶とも言う。

「どうすれば戻れるもんでしょうかねえ、先生」

長吉が酒を注いだ。

「それを思案しているんですが、なにぶんかつてない椿事《ちんじ》なので」

「あっちゃ困るね」

と、隠居。

「それほど大きな震災だったのでしょう。幾千幾万という救いの手が揺れているさまは、江戸で閃いた光り物の向こうに見えたような気がしましたから」

自空はそう言ってうなずいた。

「でも、文吉さんだけ、どうしてこちらへ？」

一枚板を拭きながら、おちよがたずねた。

「文吉さんだけじゃないかもしれません。それに、この江戸の世へ飛んだかどうかも分かりませんから」

「べつの世にも飛びましょうか」

弟子が控えめに問うた。

「それは分からないね。われわれの力で知ることができるのは、ほんのひと握りの砂粒みたいなものだから」

「はい」

料理ができた。

青い巴紋《ともえもん》の大皿に盛られているのは、高野豆腐の煮物だった。ほかには何も炊き合わせていない。

「切り口は、わざといびつにしてあるんだね」

隠居が小皿に取り分けながら言った。

「このほうが味がしみるんです」

と、長吉。

「ぎざぎざに切ってやるとうまいんだと言って、父が教えてくれました」

「おとっつぁんはどうした」

「はやり病《やまい》でわりかた早く亡くなってしまいました」

「そいつは愁傷なことだ。……おまえも食え」

長吉ははるか後に生まれた弟子筋の男に言った。

自空が高野豆腐を口に運んだ。

「うまい」

「おいしいですね」

弟子も顔をほころばせる。

「だしと薄口の醤油と味醂、砂糖と塩。それに、もう一つ、あるものを加えてあるようです」

厨から、時吉が謎をかけるように言った。

「はて、何だろうね」

隠居が首をかしげた。

「二つのどか屋をつなぐものですよ」

皿を運び終え、一枚板の席に腰を下ろしたおちよが助け舟を出した。

「おお、そこまで言われたら分かるね。……命のたれ、だ」

「当たり」

的《まと》に矢が当たるさまを、おちよは巧みにしぐさで表した。

「ほんの少々、くどくならないようにたれを足させていただきました」

文吉がかしこまって言う。

「おまえさんは客だ。足を崩して食え」

長吉がうながす。

「はい。では」

文吉も一つ食し、味をたしかめてから満足げにうなずいた。

「命のたれ、とはよく言ったもんだな。蒲焼き、田楽、煮物、浸し、和え物……何にだって合う」

「その見世だけのたれになるものね、おとっつぁん」

と、おちよ。

「のどか屋のたれが、時吉から文吉までずーっと続いたんだな」

「あいだに千吉が入ってたかと思うと、なんだか妙な気分。まだ包丁なんか持てやしないのに」

「赤子が包丁を使ったら目を回すよ、おちよさん」

季川の言葉に、笑い声があがった。

それが静まったとき、文吉が口を開いた。

「わたくしにとっては、本当に、命のたれ、でございました」

一言一言を嚙みしめるような口調だった。

「肌身離さず持ってたんですものねえ」

おちよがさっと胸に手をやる。

「はい……父からそう教えられましたもので」

「肌身離さずって、たれの入った壺を持ち歩くわけにはいかないだろうに」

隠居がいぶかしげな顔つきになった。

「もちろん、のどか屋の壺に入ったたれは持ち歩くわけにはいきませんが、小さな瓶《びん》に移せばふところに入ります。いまもこうして、お守りの代わりに……」

文吉はふところを探り、錦織《にしきおり》の巾着袋を取り出した。

「これは母の形見です」

そう言って瞬きをする。

「では、これも大正から？」

占い師のまなざしが少し鋭くなった。

「さようです。もう駄目だ、業火に巻かれて死んでしまう、と思ったとき、わたくしはこの瓶をぐっと握りしめたのです」

文吉は中から瓶を取り出した。蓋が付いた陶製の瓶だ。

「感じのいい瓶だな。どこの窯だ？」

長吉が問う。

「益子《ましこ》です」

「益子？」

「笠間《かさま》の流れを汲《く》んでいると聞いたことがあります」

笠間の陶工が益子で粘土を見つけ、窯を築いたのは江戸も末になってからだ。文政《ぶんせい》の世にはまだない。

「見世に何かあっても、こうして持ち歩いていれば、命のたれはずっと続いていくわけですね」

自空の言葉に、かたわらの弟子もうなずいた。

「そのとおりです。ただ、たれを必ず持ち歩いていたわけは、それだけではありませんでした」

「ほかにもわけがあったんだね。……こりゃ、冷めても味がしみてうまそうだ」

隠居はまた高野豆腐に箸を伸ばした。

「たれを瓶に入れて持ち歩いていたのは、修業のためでもありました」

文吉はあっさりと謎を明かした。

「と言うと？」

「いろいろな料理を食べ歩いて、舌で味わいながら考えるのも修業のうちだと父から教えを受けました」

「それはうちの人もやってるわ」

「おれが教えたんだ」

吉、の大元になる料理人が胸を一つたたく。

「なるほど、料理にちょっと足してみるんだね」

隠居が先を読んで言う。

「はい。ひそかに命のたれをかけてみて、味がどう変わるか、わが舌でたしかめておりました。そうやっているうちに思いついた料理もいろいろあります」

「ほんとに、うちと同じだねえ」

おちよが感に堪えたように言った。

「ありがたいことです」

文吉は瓶を大事そうに握った。

「たれを持ち歩きはしないが、ふと思いついた料理はいくつもあるよ」

時吉が声をかける。

「たとえば、どんな料理でしょう」

「うどんはまだ胃の腑《ふ》に入るかい？」

「ええ、いただきます」

胃の腑、という江戸の言葉がおかしかったのかどうか、文吉はわずかにほほ笑んで答えた。

「うどんなら、おれにもくれ」

長吉が手を挙げた。

「手打ちじゃなく、干しうどんですが、よろしゅうございますか」

「ああ、かまわねえよ」

「承知しました」

時吉は湯を沸かしはじめた。

つゆは高野豆腐の煮汁でつくる。いい味が出ているから、捨てるのはもったいない。

ここに命のたれを加える。煮汁を伸ばしたつゆに新たな命が吹きこまれ、いま一度のつとめが演じられるという寸法だった。

「その瓶をぎゅっと握ってたら、江戸の土手に倒れてたわけね」

おちよがふしぎそうに言った。

「よほど強く念じたんですね」

と、自空。

「はい。……わたくしは足が悪く、もう一歩も動けませんでした。火は壁のようになって迫ってきます。煙で息が詰まって……もう駄目だと思ったので、お父さん、お母さん、そして、ご先祖様、どうかもう一度包丁を握らせてください、料理をつくらせてください、と祈りました」

「それほどまでに、料理を」

おちよがゆっくりとうなずく。

「父の遺言でした」

文吉はそう言うと、ふと思い出したように猪口の酒を呑み干した。すかさず長吉が注いでやる。

「病にむしばまれてきても、父はどうにかして厨に立とうとしました。『おれは料理人だから、包丁を握って死にたい』と言うのを、無理になだめて休ませておりました」

文吉の言葉を聞いて、長吉が感慨深げにうなずいた。

その気持ちは、包丁にたましいをこめて仕事をしてきた料理人にはよく分かった。

「そのうち、足も立たなくなり、寝たきりになってしまいました。父も観念したのか、もう厨に立つとは言わなくなりました。その代わり……」

文吉はまた猪口を手に取った。少し口をつけ、ことりと置く。

「その代わり？」

隠居が先をうながした。

「見世を閉めたあと、のれんを持ってきてくれ、と言ったんです」

「のどか屋の、のれんだね」

「はい。もちろんこの見世にかかっているのれんとは代替わりしていて、色合いも違いますが、小料理のどか屋ののれんであることに変わりはありません。そののれんを床《とこ》に運ぶと、父はわたくしに向かって言いました」

喉の調子をととのえ、文吉はさらに続けた。

「『おれはもういけない。こののれんは、おまえが守ってくれ。頼む』と、父は目に涙をいっぱいためて言いました。あのときの父の表情は、目を閉じるとありありと浮かんでまいります」

厨でうどんをつくっていた時吉は、胸の詰まる思いがした。のどか屋ののれんがこうして受け継がれていったのかと思うと、ありがたくもふしぎの感に打たれた。

「それで、おやじさんは遺言をしたのかい？」

と、隠居。

「さようです。『こののれんは、おまえだけのものじゃない。先祖代々、包丁を握ってきた料理人の思いがこもっている。それを忘れるな』と」

一枚板の席で、おちよが目尻にそっと指をやった。

「それから、父はこうも言いました。『思いがこもってるのは、料理人だけじゃない。のどか屋ののれんをくぐって、料理を食べてくれていた常連さんはたんといただろう。

そういった人たちの思いもこもっている。その心ののれんを守ってくれ。のれんだけじゃない。命のたれも守れ。毎日、ていねいな仕事をして、少しずつ継ぎ足しながら、のどか屋の味を先に伝えてくれ』と」

「そうやって、先へつながっていったんだな。ありがてえことだ」

長吉が両手を合わせた。

「かすれる声で、父は言いました。『おれはもういけない。まだつくりたい料理があった。やりたいこともあった。行きたいところもあった。心残りだが、仕方がない。おれがここで死んでも、たれは先へつながっていく。おれの代わりに生きていく。そう思って、目をつむることにする。たれにはおれの命もこもっている。そう思って、大事にしてくれ、文吉』と、かみしめるように言いました。わたくしは父の手を握ってやりました。それで安心したのか、父は最後にうなずくと、のれんを体の上に載せたまま眠りについて……それきり二度と目を覚ましませんでした」

語り終えると、文吉は長い吐息をついた。

「畳の上で、体にのれんをかけて死んだんだ。大往生だと思いな」

長吉がかけた言葉に、文吉はゆっくりとうなずいた。

重くなった空気を、うどんが救った。

つゆに命のたれを交ぜたうどんには、彩りのいい朱《あか》い花麩と蒲鉾、茹でた青菜、それに、細く切った柚子の皮が散らされていた。

「お待たせいたしました」

時吉とおちよが座敷へ運んでいく。

「ありがたく存じます。手伝いもしませんで」

文吉が丼をうやうやしく受け取った。

「今夜のおまえは客だから」

時吉は笑顔を見せた。

「茹でかげんは、ちょうどいい按配だ、時吉」

さっそく口中に投じた師匠が言う。

「半ば芯が残っておりましょうか」

「ああ。いい具合に残ってら」

「つゆが……しみるねえ」

隠居がうなった。

「心にしみる味です。命のたれの話を聞いたあとでは、なおさらに」

占い師も和した。

「ふしぎなものです」

うどんを味わいながら食べていた文吉が、つゆを啜ってから言った。

「何がだい？」

隠居が問う。

「はい……江戸ののどか屋も、大正ののどか屋も、同じ香りがするんですから」

文吉はしみじみと言った。

「で、その大正の震災の話なのですが……」

自空が箸を置き、文吉の顔を見た。

「地震があったあと、火事が起きたわけですね？」

「はい。たいそう風の強い日で、それが災いしました」

「あなたは三囲稲荷の近くで吟行をしていました。つまり、一人ではなかったということですね？」

占い師がそうたずねると、文吉の表情がにわかにあいまいになった。

「竹馬《ちくば》の友と一緒におりました。その友は、俳諧の仲間でもありました。友の背に負われて、わたくしは土手の道を逃げまどっておりました」

「なるほど、ご友人の背に……」

自空は腑に落ちた顔つきになったが、決して晴れたわけではなかった。

それはのどか屋にいるほかの面々も同じだった。友の背に負われて逃げた文吉は、いまここにいる。そのあいだの成り行きがつらいものであることは、容易に察しがついた。

「まあ、呑め」

長吉が酒を注いでやった。

ややあって、猪口をぐいと干すと、文吉は思い切ったように顔を上げた。

そして、一同を見渡してから言った。

「くわしく、お話しします」

文吉が披露したのは、こんな話だった。

第七章　返り花田楽

一

大正十二年、九月一日、午前十一時五十八分——。

帝都は激しい地震に襲われた。

立っていることもできない揺れが続き、何度も大きな波が来た。ぐらぐらと沸き立つ湯のような揺れだった。

周囲を睥睨《へいげい》していた通称「浅草十二階」の凌雲閣《りょううんかく》は、八階から上が崩れ落ちた。家屋の倒壊は数知れず、震源の相模《さがみ》湾に近いところは壊滅状態に近かった。

横須賀では、無事を保った家屋はただの一軒もなかった。鎌倉の大仏は躍り出し、小田原の惨状も筆舌に尽くしがたいものがあった。

だが、災いはそれだけにとどまらなかった。

随所で火災が起きたのだ。

悪い条件が重なっていた。ちょうど低気圧が近づいており、十メートルを超える強風が吹き荒れる天候だった。

また、昼の食事をつくる火がほうぼうでおこっていた。大地震に狼狽する人々には、竈《かまど》の火を消す余裕などはなかった。

さらに、東京のいたるところに薬品類があった。病院、工場、研究所、学校などに置かれたさまざまな引火性の薬品は、火の勢いをむやみに強めていった。

風向きも悪かった。南風、または南東の風だ。火はすさまじい流れとなり、帝都を炎の渦に巻きこんでいった。

川などはいともたやすく飛び越えた。隅田川も例外ではなかった。いたるところに飛んだ火は、ほどなくまた合流して逃げ惑う者の行く手をさえぎった。

人々は先を争って逃げたが、それがまたあだとなった。大八車に積みこまれたさまざまな荷物は、炎の恰好の餌食《えじき》となってしまったのだ。

火は避難場所も容赦しなかった。

本所《ほんじょ》の被服廠《ひふくしょう》跡の広大な敷地は、周辺住民にとっては絶好の避難場所に見えた。

警察も疑うことなく、ここへ避難民を誘導した。

避難してきた者の数が増え、ほとんど身動きが取れなくなったころ、天空から火の粉が襲いかかってきた。火は荷物や敷物に燃え移り、安全だったはずの避難所はたちまちこの世の地獄と化した。

恐ろしいつむじ風が起こり、炎の渦が人々を次々に呑みこんだ。

被服廠跡における死者の数は、実に約三万八千人、東京における関東大震災の犠牲者の半数以上がここで落命した。

二

文吉は木声《もくせい》とともに吟行《ぎんこう》に来ていた。

同じ「曲水」に属する俳人で、歳は二つ上だった。句歴も古く、古今の俳諧に通じている。蒲柳《ほりゅう》の質《しつ》で床《とこ》に伏していることもあるが、体調がよいときは文吉が営むのどか屋にもよく顔を出してくれた。

山の手の資産家の子息であるせいか、木声が連れてくる客はいたって筋がよく、文吉にとってはありがたかった。のどか屋の座敷で催される句会に、ときにはあるじの文吉も参加することがあった。

文吉も俳号を持っていた。

長閑《ちょうかん》、という。

のどか屋の「のどか」を漢字で書くと「長閑」となる。それを音読みにしただけの名だが、俳句仲間のあいだではその俳号で通っていた。

のどか屋が休みの日、向島のほうへ吟行に出かけるのは、今回に始まったことではなかった。

聖地、と呼ぶのは大げさだが、この界隈には俳諧にゆかりのある場所が多い。

まず、桜餅でも有名な長命寺《ちょうめいじ》には芭蕉《ばしょう》堂がある。俳聖・芭蕉の像を納めたお堂は、宝暦《ほうれき》年間の俳人が建てたものだ。

三囲稲荷には其角《きかく》の発句を巡る逸話が伝わっている。

元禄《げんろく》六年（一六九三）の夏はひどい旱魃《ひでり》に見舞われた。村人たちが雨乞いの儀式を行っている神社に其角が参詣していたので、「雨乞いの発句を詠んでくれ」と頼んだ者がいた。

それに応えて、其角はこんな句を詠んで神前に奉った。

夕立や田をみめぐりの神ならば

すると翌日、たちまち恵みの雨が降り注いだという。

天が言葉に感応したのか、慈雨が降ったという逸話に、木声も文吉もいたく感じ入っていた。其角にあやかれるように、この社《やしろ》に足を運び、俳句の上達を祈願してから吟行に移ることは前にもあった。

だが、その日は勝手が違った。何かがおかしかった。

どうも不吉な句ばかりできるのだ。「秋風や……」と穏当に始めても、「むくろ」だの「墓」だのといった験《げん》の悪い言葉ばかり浮かんでくる。

あれは虫の知らせだったのか……。

文吉がそう思い至るのは、江戸へ飛んでしばらく経ってからのことだった。

木声も妙に片付かない顔をしていた。聞けば、神社にお参りするとき、願い事の言葉がどうしても出てこなかったらしい。

何の変哲もない平穏無事を願う言葉が、何かにせき止められてしまったかのように思い出せなくなってしまった、と木声は首をかしげていた。

そして、最初の揺れが来た。

三

「木声さん、木声さん！」

土手のほうへ弾き飛ばされた文吉は、声をかぎりに叫んだ。

大地はなおも揺れていた。まるで巨《おお》きな船に乗っているかのようだった。

「長閑さん、無事か？」

友は文吉を俳号で呼んだ。

「ここです！」

文吉は手を挙げた。

頼みの杖は、土手の下のほうへ飛ばされていた。倒れた拍子に、いいほうの足もくじいてしまったらしい。わが力で立ち上がることができなかった。

「いま行きます」

木声は土手へ駆けつけ、手を貸して文吉を救ってくれた。

そうこうしているあいだにも、何度か余震が来た。逃げ惑う人々の声が耳に入る。

文吉の心臓は早鐘のように鳴っていた。

「さあ、しっかりつかまって」

木声は歩けない文吉をおぶった。

「申し訳ない」

「わびはあとだよ、長閑さん。えらいことになった。えらいことになった」

動転しているのか、木声は同じ言葉を繰り返した。

「どこへ逃げます？」

木声の背でそうたずねた文吉の目に、嫌なものが映った。

火だ。

「牛島《うしじま》神社へ逃げましょう。あそこには公園もある」

木声が言った。

「はい」

文吉は申し訳ない気持ちで一杯だった。木声も体が強くない。神社までおぶっていくのは大儀だろう。

浅草の本願寺前はどうだろうか。のどか屋は無事か。店を手伝ってくれていた叔母と、その身内の安否はどうか。

それから、さまざまなお客さんの顔が浮かんだ。

みんな、無事か。何人かはまだ瓦礫《がれき》の下敷きになっているのではないだろうか。

そう思うと、文吉はいたたまれない気分になった。

牛島神社の公園に着いた。その向こうは須崎《すさき》の花街《はなまち》になる。そちらのほうから、着の身着のままで逃げてきた者たちが、波さながらに押し寄せてきた。

「大丈夫かい、木声さん」

文吉を下ろしてからしきりに咳きこんでいた俳友を気遣う。

「ああ、なんとか。……これで助かったかもしれないね」

木声はそう言って額の汗を拭った。

しかし、危難はまだ始まったばかりだった。

初めのうち、火はまだ遠かった。煙が漂ってくるので安閑《あんかん》とはしていられなかったが、炎が目に映ることはなかった。

だが、事態は急に変わった。

すぐ近場で火が出たのだ。

「火事だ！」

「木に燃え移るぞ」

叫び声を聞いて、文吉と木声は顔を見合わせた。

「またおぶって逃げましょう」

「でも、それでは木声さんが……」

「ここは危ない。早く！」

押し問答をしている場合ではなかった。近場で初めに燃えだしたのは天麩羅《てんぷら》屋だった。その火が風に乗って、あちらこちらへ燃え移り、あっと言う間に逆巻く炎の渦となった。

牛島神社の公園を出た二人は、隅田川の下流へ進んだ。元来た三囲稲荷の方角だ。そちらのほうへ逃げるしかなかった。須崎のほうからはしきりに煙が流れてくる。上流に逃げ場がないことは明らかだった。

「しっかりつかまって」

そう言う木声の歩みは鈍くなった。

同じように逃げ惑う人波に押され、何度もよろめくことがあった。

「下《お》ります、木声さん」

文吉は意を決して言った。

「でも、その足じゃ……」

「くじいたほうの足は、痛みをこらえたらちょっとずつ歩けます。落ちてる棒を拾えば杖になるでしょう」

「それじゃあ、長閑さんが火に呑まれてしまう」

木声は涙声になった。

「いや」

文吉は身をよじり、木声の肩をたたいた。

下ろしてくれ、と強く訴えた。

木声の足が止まった。

押し寄せてくる人の波をどうにかよけ、路傍に文吉を下ろす。

「このままだと、共倒れになってしまいます。木声さんだけ行ってください」

文吉は俳友の目をしっかりと見て言った。

「そんな薄情なことはできないよ。その足じゃ、いくらも逃げられない」

「でも、木声さんの体で大の男を背負って逃げるのは無理です」

「じゃあ、どうすればいいんだ。ぼくは長閑さんと離れたくない。見捨てて行くことなんてできない」

木声の目尻からほおへ涙が伝った。

「ここで力のある人を探します。運があれば、逃げられるかもしれません。さあ、早

く お行きなさい」

文吉はうながしたが、木声は首を横に振るばかりだった。

そうこうしているうちに、状況はさらに悪くなった。

「橋が落ちてるぞ！」

下流のほうで、声が響いた。

当時はまだ言問橋《ことといばし》はなかった。落ちたのは、源森川《げんもりがわ》に架かる橋だった。その橋さえ渡ることができれば、すぐそこに吾妻橋がある。吾妻橋を渡れば浅草寺《せんそうじ》のほうへ逃げることができる。

しかし、木造の橋にはべつの火が燃え移り、人の重みもあいまって、あえなく落下していた。

「逃げ場がないよ。行くところがない」

震える声で木声が言った。

「水戸屋敷のほうへ逃げられるかもしれません」

文吉は答えた。

落ちた枕橋の手前には、旧水戸藩の広大な屋敷がある。元は蔵屋敷だった。あそこなら、ここいらの避難民が殺到してもどうにかなりそうに思われた。ただし、火が燃え移らなければの話だが。

「なら、おぶっていくよ」

木声は背負うしぐさをしたが、その動きには精彩がなかった。疲れの色が顔にありありと表れていた。

「無理です。途中で倒れてしまいますよ、木声さん」

文吉は首を横に振った。

「でも、見捨てるわけにはいかないじゃないか」

木声は珍しく強い調子で言った。

「木声さん一人なら逃げられます。たしか、泳ぎは得意だったはず」

文吉は隅田川のほうを指さした。

土手に出た人々が手を振って船を呼んでいる。だが、類焼するかもしれない岸辺には寄りつこうとしない。無情にも下流へ進んでいく。

対岸にも火の手は上がっているが、いざとなれば泳いで隅田川を渡り、逃れることはできるだろう。

ただし、一人で泳ぐことが条件だ。人を背負って泳ぐような体力は、木声は持ち合わせていない。

「一人じゃ行けないよ、長閑さん」

木声は座りこんでしまった文吉の手を取った。

「ここにいたら火の手が迫ってくる。行けるところまで一緒に行こう」

「駄目です。一人で逃げてください。わたしのせいで、助かるはずの木声さんまでいけなくなったら、申し訳が立ちません」

「ぼくはそれで本望だ。長閑さんと一緒に死ねるなら、後悔はしない」

「わがままなことは言わないでください。さあ、早く！」

文吉が業を煮やして声を荒らげたとき、かたわらを通り過ぎようとした屈強な男が声をかけた。

「おい、どうした？」

「足が悪いので、もう逃げられません。この友人は体が強くないんです。おぶって逃げたら共倒れになってしまいます。一人なら、川を泳いで……」

「わかった、おれに任せな」

鳶《とび》か車夫か、いずれにしても体を使うなりわいとおぼしい半纏《はんてん》姿の男は、文吉の言葉をさえぎった。

「おれがおぶってやる。おめえは一人で逃げろ」

木声に言う。

「でも、ぼくは……」

「四の五の言ってる暇はねえんだ。さ、乗りな」

文吉は意を決して、男の広い背に乗った。

「あばよ」

ひと声かけて、やにわに走りだす。

「長閑さん、長閑さん！」

木声が追ってきた。

背負われながら肩越しに見る友の顔は、ぐしゃぐしゃに崩れていた。

「木声さん、どうかご無事で！」

文吉は叫んだ。

木声はなおも追ってきた。

その顔が、姿が、少しずつ離れていく。小さくなっていく……。

「愁嘆場《しゅうたんば》はそのへんにしな。走りづれえぜ」

いくらかかすれた声で、男が言った。

「はい……」

あふれる思いを断ち切って、文吉は男の背にしがみついた。

友の声は、やがて聞こえなくなった。

四

「つらかったね」

と、おちよが言った。

木声との別れのくだりまで語った文吉は、感極まったのか、袖に目を当てたまま黙ってしまった。

嗚咽《おえつ》は漏れない。だが、肩が小刻みにふるえていた。

「つれえな」

長吉がぽつりと言う。

文吉はこくりとうなずいた。

厨に立っていた時吉は、何とも言えない心地だった。かけてやる言葉が見つからなかった。

こんなときには、料理だ。

言葉の代わりに、料理に思いをこめてつくってやろう。

時吉はそう考え、包丁を握った。

「しかし、男気のある人にうまく巡り合ったものだねえ」

隠居がしみじみと言った。

文吉はやっと顔を上げた。その目は真っ赤になっていた。

「ところが……」

そう言ったきり、あいまいな顔つきで黙る。

「まだまだ先は長そうですね」

自空が酒を注いでやる。

こくりとうなずき、文吉はまた苦そうに酒を呑んだ。

「お、うまそうな香りが漂ってきた」

場を和らげるように、季川が笑みを浮かべた。

おちよが厨をのぞく。

すぐさま、あれね、という顔つきになった。

「それにも命のたれは入ってるのかい、時吉」

長吉が問う。

「はい。味噌にいくらかたれを交ぜて使ってます」

「上出来だ」

「こくが出るからねえ」

と、隠居。

ややあって、料理ができあがった。

おちよが厨に入り、盆を受け取る。

「季《とき》がちょっと違うんだがな」

時吉の言葉を受けたおちよは、さほど間を置かずに答えた。

「じゃあ、こうすればいいの」

声をひそめて、料理の名を告げる。

「なるほど、その手があったか」

「その名前だったら、冬に入ったいまでも大丈夫」

おちよはそう言って、盆を座敷に運んでいった。

「こりゃ景色だね」

隠居の白くなった眉がぴくりと動く。

「匂いだけで満腹になりそうです」

占い師が大げさなことを言ったから、弟子まで笑った。

「お待たせいたしました。……返り花田楽です」

できたての田楽の皿を、おちよは文吉から順に供していった。

「返り花かい」

と、長吉。

「そう。花びらをかたどった型でお大根をくりぬいて、その上からお味噌を塗るの。そうすれば、お豆腐の上でぱっと花が咲く」

「季節はずれに咲く花を、返り花と呼ぶからね。名前しだいで、春の料理にも冬の料理にもなるわけだ」

季川がそう解説した。

ほどよくあたためた豆腐の上に、田楽味噌を塗り、さっとあぶる。

これだけならただの豆腐田楽だが、のどか屋ではもうひと手間を加えて出すことが多かった。

客には金物を扱う職人もいる。常連のよしみで型づくりを頼むと、快く引き受けてくれた。

花、蝶、紅葉……。

さまざまな型がある。

その型で大根をくりぬき、命のたれが入った田楽味噌を塗りこむ。それから、型をそっと抜けば、思わずため息がもれるような花が咲き、蝶が舞い、紅葉が散るという寸法だった。

型に使った大根も無駄にはしない。おちよとともに田楽を運び終えた時吉は、さっそく刻んで次の肴をつくりだした。

「おいしい、です」

返り花田楽を半ばほど食した文吉は、喉の奥から絞り出すように言った。

「験《げん》のいい名前の料理だからね。これを食べたら、江戸……じゃなくて東京へ戻れるさ」

「大正の世の中へ戻るんですね、師匠」

おちよが季川の言葉を受けた。

「戻れるといいですね」

自空がしみじみと言う。

「でも、そんなことができましょうか」

文吉は力なく首を横に振った。

「こうやって向こうからこっちへ来られたんだ。帰り道がねえってことはねえだろうよ。ですよね？　自空先生」

長吉が占い師の顔を見る。

「それを探しております。手立てはきっとありますから」

「さ、食え。冷めねえうちに、食え」

古参の料理人は手で皿を示した。

「はい……いただきます」

文吉は残りの田楽を口に運んだ。

厨で刻み終えた大根に塩を振りながら、時吉はその様子を見ていた。

つくった料理をお客さんがどう味わってくれたか、顔を見れば分かる。

ああ、と文吉が太息《ふといき》をついた。

万感のこもるため息だった。

「うめえか」

長吉が訊く。

「……分かります」

「何がだ」

「命のたれが味噌に入っているのが、分かります」

そう言った文吉の目尻からほおへ、つ、とひとすじ、水ならざるものが伝った。

「さすがは料理人の舌だな」

「うちの……わたくしがやっていたのどか屋のたれと、同じ味がします」

文吉はかみしめるように言った。

文吉の命のたれが入った小瓶は、厨の奥に大切にしまっておくことにした。その下には、江戸ののどか屋のたれが詰まった壺が置かれている。

ふしぎなものだ。長い時を経て、二つの命のたれが隣り合うことになった。

味は、時を越える。

代々のつくり手の思いのこもった命のたれは、日々継ぎ足されながら、巡る季節を一つずつ越えて、先へ先へと運ばれていく。大川の水のごとくに流れていく。

「ごちそうさまでございました」

箸を置いた文吉は、両手をそっと合わせた。

また酒が注がれる。

「で、話の続きですが……」

自空が先をうながした。

大正の大震災の話は、まだ終わっていなかった。

友と別れてからどうなったのか、文吉はまたおもむろに語りはじめた。

五

文吉を背負った男は、水戸屋敷のほうへ走った。

悲鳴や怒号、それに何かが倒れる音が文吉の耳に届く。

「水戸屋敷に入《へえ》ったら、ひと息つけるぜ」

おのれに言い聞かせるように、男は言った。

だが……。

火の手は逃げ惑う人々の退路を次々に断っていた。

水戸屋敷に入り、男が背から文吉を下ろしてまもなくのことだった。

「裏手から来たぞ」

「火だ！」

「逃げろ、逃げろ」

屋敷に避難していた者たちは、算《さん》を乱《みだ》して逃げはじめた。

文吉は男の顔を見た。

ここまで運んでくれた男は、文吉のほうへ伸ばそうとした手をやにわに引いた。

「すまねえな、そこまでの義理はねえんだよ」

口早に告げると、男は身をひるがえした。

「達者でな」

そう言い残し、脱兎《だっと》のごとくに走り去っていく。

足が悪い文吉は、火の手の迫る水戸屋敷に取り残されてしまった。

それでも、必死に逃げようとした。

くじいた軸足の痛みは、ふしぎなことに忘れていた。頭の芯がしびれ、痛みを束《つか》の間《ま》忘れた。

それでも、生まれつき悪い足を引きずりながらだから、ほかの者のような速さで逃げることはできない。どんどん追い越され、火に追われるばかりだった。

割れた瓦が飛んできた。

悲鳴が幾重《いくえ》にもかさなって響く。

「川だ」

「船に拾ってもらうしかない」

「柵があるぞ」

「乗り越えりゃいいんだ」

「急げ！」

　さまざまな声が文吉の耳に届いた。

　ようやっと、水戸屋敷の外へ出た。

　しかし、もう力はほとんど残っていなかった。

　隅田川のほうを見やると、人々は先を争って柵に飛びつき、乗り越えようとしていた。地獄の亡者の群れを彷彿《ほうふつ》させる光景だった。

　うしろから来た者に背を押され、文吉は道端に倒れた。

　そのときに、また足首をひねってしまった。立ち上がろうとしたが、足が言うことを聞かない。

　今度は痛みも走った。

　もう駄目だ。動けない。

　体がそう告げていた。

　文吉は観念した。

　道端に座り、ふところの小瓶をぎゅっと握りしめる。

申し訳ない、と思った。

ご先祖様が代々守ってきた命のたれを、だれにも渡せず、ここで死んでいく。

無念だった。

まだまだ修業の途中だった。つくりたい料理はたくさんあった。やり残したことも多かった。

ばりばりっと、嫌な音が響いた。

水戸屋敷に燃え移った火は、植わっていた大木を焼いた。その生木が火に耐えかねて爆《は》ぜたのだ。

もう終わりだ、と文吉の半身は思った。

だが、もう半身は、それに抗《あらが》っていた。

命のたれが詰まった小瓶を必死に握りしめ、全身全霊を傾けて奇跡を願っていた。

実際、大震災で奇跡のような僥倖《ぎょうこう》に恵まれて一命を取り留めた者は幾人もいた。

多数の死者を出した本所被服廠跡では、火災がようやく収まったあと、懸命の救助活動が行われた。群れ成す死者の山だが、まだ息のある者がいるかもしれない。

鳶口《とびぐち》を用いてむくろを剝がし、検分していた男がやがて声をあげた。

「生きてるぞ！」

彼が発見したのは、小さな男の子だった。

幼児は息のない母の乳房の下にいた。母は身を挺《てい》してわが子を守り、息絶えたのだ。そのさまを見た者は、例外なく涙したという。

奇跡的にかすり傷だけで助かった子供は、その後高等師範の訓導《くんどう》に引き取られ、近所の人たちにかわいがられて正しく育った。

紙一重で難を逃れた人もいた。

横須賀の停車場前の崖下では、軍港見物に来た修学旅行の女学生たちが弁当を食べていた。激震によって崖が崩れ、修学旅行の一団は哀れにもすべて下敷きになってしまった。

しかし、たった一人、助かった女学生がいた。

彼女は忘れた洋傘を取りに、停車場に戻るところだった。停車場でも停まっていた列車が惨禍に遭い、数百名の犠牲者が出た。神がひょいと指でつまみ上げたかのように一命を永らえた女学生は、その後の人生を懸命に生きた。

巨《おお》きな渦の中で、そんなさまざまな出来事があった。

だが、絶体絶命の場所からふっと姿を消した男のことは、いかなる記録にも残っていない。

六

「それから、どうしたんだい？」

黙ってしまった文吉に向かって、隠居が温顔でたずねた。

「はい……」

文吉は顔を上げ、何度も目をしばたたいた。

いたたまれなくなったおちよは厨に向かった。

「次の肴は何？　おまえさん」

かすれた声で問う。

「これを」

時吉は短く言って鉢を渡した。

「汁物もいいかも。芯からほっこりとあたたまるような、心にしみる汁を」

「分かった」

軽く手を挙げると、時吉は座敷に声をかけた。

「揉《も》み大根をつくりました。箸休めにどうぞ」

刻んだ大根に塩を振れば水気が出る。そこでまた軽く塩揉みをして水で洗い、ぎゅっとよく絞る。

これに三杯酢をかけ、削り節を添える。醤油でもいい。

さほど手間がかからないからもうできていたのだが、文吉の話が一段落するまで待っていた。

揉み大根を肴に、またひとしきり酒が巡った。文吉の顔はずいぶん赤くなってきた。

「それで、話の続きですが」

自空が先をうながした。こちらは初めと同じ顔だ。

「はい……わたくしは目を閉じて、両手で命のたれの瓶を握りました。はっきりと憶えてはいませんが、長い一瞬だったような気がいたします」

「長い一瞬」

占い師が繰り返す。

「それまで聞こえていた人々の声や、物が爆《は》ぜたりする音が、まったく聞こえなくなりました。妙にしーんとして、この世の中にわたくしだけが取り残されてしまったみたいでした」

「そのころにゃ、江戸の戸口へ向かってたんだろうな」

と、長吉。

「それじゃ、なんだか江戸がそのへんの長屋みたい」

おちよがそう言ったから、文吉もわずかに表情を崩した。

「で、それから？」

また酒を注ごうとした隠居を、文吉はすまなそうに手で制した。

そして、一つため息をついてから、こう語った。

「何も聞こえなくなった世の中に取り残されてしまったわたくしは、じっと目を閉じて、両手で命のたれの瓶を握りしめました。そのうち、しっかりとした焼き物だったはずの瓶が、ぐにゃっと曲がって溶けてしまったような気がしました」

「瓶が溶けたと」

自空がいくらか身を乗り出した。

「はい。ふっと瓶が溶けて、中に入っていた命のたれが、わたくしの体の中を流れはじめました。まるで血のように」

「それを感じたんですね」

「感じました。信じてはいただけないと思いますが、それまで流れていた血の代わりに、命のたれが流れたのです」

信じよう、と厨で汁物をつくっていた時吉は思った。

にわかには信じがたいことだが、文吉はこうしてここにいる。江戸ののどか屋の座敷に座っている。何が起こったとしても、ふしぎはない。

神隠しというものは、あるいはこうして起きるのだろう。それまで暮らしていたところからべつの場所や時へ、嘘のように飛び移ってしまうのだ。

「その長い一瞬に、さまざまな人の顔が浮かびました。父も、祖父もいました。それから、ごおっという音が響いて……」

文吉は耳に手をやった。

首をかしげ、懸命に何かを思い出そうとしていた。

「音が響いて？」

そっと助け舟を出すように、おちよがたずねた。

「もうすぐ舟が着く……そんな感じがしました」

「舟が」

「はい。命のたれが流れになって、わたくしを乗せた舟をどこかへ運んでくれている。ああ、ありがたい……そう思ったきり、あらゆるものが暗くなって、気が遠くなってしまいました」

文吉は手を放し、姿勢を正した。

「ほんに、長い一瞬だったね」

と、おちよ。

「どう思います？　先生」

長吉が自空に酒を注いだ。

「とても貴重な話を聞かせていただきました」

かたわらの弟子は酒も呑まず、しきりに筆を動かしていた。こうして集めたものが占い師の宝になっていく。

「その流れを、さかさにしてやることはできないものでしょうかねえ」

季川が言った。

「むずかしい注文ですが、できない、ということはないでしょう」

「こうやって来られたんだから、帰ることもできるっていう勘定だからね」

隠居が身ぶりで示す。

「そうです。ただ、どうやれば帰れるのかという手立ては、いまのところ分かっておりません」

「ま、急《せ》くことはねえさ」

笑った長吉の目尻に、いくつもしわが浮かぶ。

「せっかくこっちへ来たんだ。江戸の味のいいとこを覚えて、たらふく食って、のんびりして帰んな」

「そんな、おとっつぁん、湯治場じゃないんだから」

おちよが言うと、湿っぽかった場はようやく和気に包まれた。

その機をとらえて、時吉は汁物を運んでいった。

「まあ、体があたたまるものでも」

そう言って、文吉に出してやる。

「ありがたく存じます」

文吉は両手を合わせた。

「ほかにもあるかい？」

隠居が問う。

「ございます。いまお持ちしますので」

時吉はおちよに目で合図をし、ともに厨から椀を運んだ。

つくったのは、みぞれ汁だった。

だし汁の中に、甲州の梅干しを二つほど入れる。梅干しからうま味と塩気が出たすまし汁ができると、大根おろしをたっぷり入れてひと煮立ちする。

梅干しはここでお役御免になって取り出される。

代わりに具を投じる。これは茹でた大根でいい。小さな角切りにし、歯ごたえを残した大根を投じる。

大根は葉も加える。塩茹でにした大根の葉をみじん切りにして入れれば、なによりの彩りになる。

吸い口は胡椒《こしょう》だ。粉山椒《ざんしょう》でもいい。

ほとんど大根だけでつくる汁だが、思わず顔がほころぶほどうまい。

このみぞれ汁にも、命のたれをわずかに加えてあった。醬油と酒と味醂に塩と砂糖を加え、じっくりと煮詰めてつくるたれだ。入れすぎたら汁がくどくなる。

あくまでも隠し味として、裏でふわっと汁を支える。そんな裏方の役目を、梅干しとともに命のたれが存分に果たしていた。

「おいしゅうございます」

文吉が感に堪えたように言った。

「うめえな。胡椒の吸い口も粋だ」

師匠も満足そうだった。

「こりゃ、体の芯からあったまるね」

「この汁を呑んでいれば、風邪も引きますまい」

「休みの日に、大根でこれだけつくってしまうんだからね」

「まさしく、餅は餅屋、小料理屋は小料理屋でございましょう」

評判は上々だった。

「さて、話の続きですが」

みぞれ汁であたたまったあと、自空が文吉に言った。

「こちらで目を覚ますまでに、何か夢のようなものを見ませんでしたでしょうか？」

「それは……何一つ思い出せません。気がついたときには、師匠に助けていただいておりました」

文吉は時吉のほうを見た。

「目を覚ますまで、ずいぶんと時があっただろう。土手から背負って運んで、駕籠でここまで来た。そのあいだに、何も夢は見なかったかい？」

時吉は問うた。

「さあ……あいにく、何も」

「まあ、だしぬけに思い出すこともありますから」

自空が言った。

「ともかく、この先も夢に何かしるしやきざしのたぐいが現れるかもしれません。夢というものは、憶えようという心がけがあれば、だんだんよく憶えられるようになってくるものですから」

「はい」

「枕元に帖面を置いておくのもいいでしょう。見た夢で憶えていることを記しておけば、そのうち何か手がかりが得られるかもしれません」

「承知しました。そう心がけます」

「あ、そうそう、訊くのを忘れていた。……ちょっと貸しておくれ」

弟子から帖面を受け取ると、前のほうに戻り、記されていたことをたしかめてから占い師はたずねた。

「『白っぽい面妖な服を着た、鬼みたいな者』、もしくは『天狗のような面相の者』に心当たりはありませんか？」

問われた文吉はしばらく思案していたが、ややあって首を横に振った。

「そいつは何かわけがあるんですかい？」

長吉が問う。

「ええ。光り物が出たところを訪ねて、関八州を回ってきました。そのうち、野州《やしゅう》の在所で、そういう話を耳にしたのです」

「鬼や天狗みたいなやつが出たと」

「そうです。草深い村に住む者の証《あか》し言《ごと》ですから、いくら怪しいものを見たとしても、『鬼』や『天狗』としか言いようがなかったのかもしれません」

「じゃあ、本当は鬼や天狗じゃなかったというわけでしょうか」

ひざにまとわりついてきた猫をあやしながら、おちよが言った。のどかとちのは仲良く座敷にいるが、牡猫のやまとはふらりと出かけたまま帰ってこない。

「もともと、鬼や天狗と称されるもののなかには、そうではないものも交じっているのかもしれませんね」

「そうではないもの……」

おちよが小首をかしげる。

「そりゃおめえ、浮世で劫《こう》を経たご隠居とか」

「元武家の料理人とか」

季川が厨を見た。

「甘い物に目がない隠密さんとか」

時吉がここにはいない者を引き合いに出したから、のどか屋に笑いが起きた。

その御仁、安東満三郎が思わぬ切り口を示したのは、それから三日後のことだった。

第八章　二色北窓《ふたいろきたまど》

一

「うん、甘《あめ》え」

あんみつ隠密が相好《そうごう》を崩した。

今夜の一枚板の席には、黒四組の組頭と隠居が座っている。

「おはぎで酒が呑めるんだから、結構なもんですな、旦那」

座敷から声が飛んだ。

「それだけ甘えもんばかり食ってすらっとしてるんだから、てえしたもんだ」

「まったく、おはぎで熱燗ときた」

「江戸広しといえども、旦那くらいでしょう」

もうだいぶ夜が更けてきたが、座敷にはまだ職人衆がいた。今日は祝いごとという
ことで、ずいぶんと長っ尻《ちり》になっている。もっとも、皆で酒を呑むことがまず先で、
祝いごとは無理にこしらえられることも間々あった。

「言葉を返すようだが、こいつはおはぎじゃねえんだぞ」

れっきとした旗本だが、乙にすましているような御仁ではない。もうかなりできあ
がっている職人に向かって、安東満三郎は巻き舌の早口でそう言い返した。

「へっ、そうですかい」

「どっから見てもおはぎに見えますがね」

職人衆も首をひねった。

「もう少し前なら、おはぎでよかったんだよ」

季川が笑みを浮かべて言った。

「はあ、そのこころは？」

源兵衛が身ぶりで示したから、その答えはおちよが告げた。

「季節によって、呼び名が変わるんですよ。秋ならおはぎ、いまは冬」

歌うように言って、背に負うた千吉を揺らす。

「あ、なるほど。春はぼたもちじゃねえかよ」

「ぼたもちって、どこから来てるんだ？」

「ぼた、ってやつがつくったんじゃねえぞ」

「なら、なんだよ」

「花の牡丹《ぼたん》から来てるんだ。なあ、あるじ」

時吉に毬《まり》が飛んできた。

「さようです。春は牡丹のぼたもち、秋は萩の花のおはぎ。夏と冬は、ちょっと分かりにくい判じ物になります」

「ほう、判じ物にね」

「そりゃ、なかなか出てこねえ。おれだってお手上げだった」

種を明かされている安東は、そう言って残りをうまそうにほお張った。

「旦那に分からねえもんが、おいらに分かるはずがねえや」

「おう、教えてくんな」

職人衆は早々とあきらめてしまった。

「餅つきに比べると、おはぎづくりは音がしません。搗《つ》く、ということがないからです」

同じ厨の中で仕込みをしている文吉をちらりと見ると、時吉は種明かしをした。

「つまり、搗き知らずということになります。これを変えれば、着き知らず。夜の船はいつ着いたか分からないので、夏はおはぎを夜船《よぶね》と呼ぶんです」

「そりゃむずかしいぜ」

「分かるかよ、そんなもん」

「なら、冬はどうなんだい」

「同じように、『つき』を変えれば月知らず。冬には月が見えない北窓《きたまど》と呼ばれています」

「へえ、学があるなあ、のどか屋は」

「耳学問になったぜ」

「あしたにゃ忘れそうだがよ」

職人の一人がそう言ったから、のどか屋に笑いが響いた。

甘い物に目がないあんみつ隠密に出した「北窓」は一風変わっていた。

餡をまぶすのが普通だが、炊くのに存外に手間がかかる。そこで、もっと手軽にできておいしい北窓を考えてみた。

まずは、黒胡麻だ。擂鉢で胡麻を擂り、醤油と砂糖、それに命のたれを加える。擂りすぎてはいけない。半ば粒が残るくらいの加減でいい。

この胡麻ごろもをまぶせば、まず黒い北窓ができあがる。

いったん摺鉢を洗ってから、今度は胡桃《くるみ》を粗い目に砕く。味付けは同じだが、砂糖は胡麻より少し控える。ただし、安東に出すものだから、今夜はあえて多めにしておいた。

胡桃ごろもをまぶした北窓は、淡い茶色に仕上がる。二色《ふたいろ》の北窓が皿の上でそろう姿は、なかなかに景色だ。

「うめえ」

いささか行儀が悪いが、指についたころもを舌でねぶって、あんみつ隠密は表情を崩した。

「それにしても、湯屋の旦那も気の弱いことを」

隠居がそう言って、猪口を手に取った。

こちらの肴はもちろん甘い物ではない。飯蛸《いいだこ》と小芋の炊き合わせだ。薄めのだしで上品に炊き、仕上げに針柚子《はりゆず》を散らしてある。

「仕方ないですね。何の手がかりもないんですから」

浮かない顔で時吉は言った。

「入れ変わりってことはないのかしら、おとせちゃんと」

おちよは文吉のほうを見た。

「いや、ありえねえことじゃねえんだ、おかみ」

安東はそう言って、座敷のほうをちらりと見た。

まだほかに客がいる。その話はまだ頃合いが早かった。

「これだけ鉦太鼓《かねたいこ》でおとせちゃんを探して何の手がかりもないんだから、寅次さんがあんなに気弱になるのも無理はないね」

隠居が言った。

さきほどまで、一枚板の席には湯屋のあるじの寅次がいた。

(これだけ探しても見つからねえんだから、もう帰《けえ》ってこねえんじゃないかと思ってね)

(探しはじめたころは、往来の娘がみんなあいつに見えたもんだけど、悲しいね、そんな見間違いもなくなっちまった。心のどこかがあきらめてるんでしょう)

(どこぞかの神様に見初《みそ》められて、ちょいとつまみ上げられて極楽へ行ったと思うようにしまさ。天狗とかだったらかわいそうだがよ)

といった調子で、弱気なことばかり口走るものだから、皆で口々になだめていた。

「ほんとに、あんなお人じゃなかったのに。……おお、よしよし」

と、泣きだした千吉を揺らす。

「こらっ」

時吉は干物を狙おうとしたやまとを叱った。

帰ってきたと思ったら、むやみに見世のものを盗み食いしようとするので、ぶち猫は叱られてばかりいる。

いつもと同じのどか屋だが、常連の寅次だけが肩を落としていた。かつてはのれんをくぐっただけで場がぱっと明るくなるような町の名物男だった。それだけに娘が神隠しに遭ったあとの変わりようが痛ましく、何とも言えない心地がした。

「おお、ずいぶん長居しちまったぜ」

「明日も早《はえ》えのによう」

「そろそろ、引き上げようぜ」

座敷の職人衆がようやく腰を上げた。

見送ろうとしたおちよに、時吉が小声で何か告げた。

「毎度ありがたく存じます」

笑顔で職人衆を見送ったおちよは、のれんを外して見世に入った。

戸締まりもする。

のどか屋は、にわかに貸し切りの構えになった。

二

「ほら、おじちゃんに抱っこしてもらいなさい」

おちよが文吉に赤子を渡した。

「失礼します」

足がよろけないように腰を定めると、文吉は大事そうに千吉を受け取った。

「ふしぎなものだねえ」

隠居が感に堪えたように言う。

「いま、おかみはおじちゃんって言ったが、本当はひいじいさんなんだからな。こんな赤子が」

と、安東。

「ええ、とてもふしぎな心持ちがいたします。この手に伝わってくるあたたかさが……じんわりと心にしみてきます」

文吉はそう言うと、赤子を慎重に母の手へ返した。

「で、その後の調べだが……」

安東の顔つきが変わった。隠密の顔になった。

「占い師の自空先生も交えて、三日前にここで話をしていたんです」

「鬼や天狗の話ね」

謎をかけるようにおちよが言うと、安東はすぐさま身を乗り出してきた。

自空が関八州を回って見聞してきたことを隠居とおちよが伝えているあいだに、時吉は次の肴をつくりだした。

と言っても、あんみつ隠密に供するものだから、普通の肴ではない。

林檎の黒胡麻和えだ。

北窓にまぶす黒胡麻ごろもがいくらか余ったので、銀杏型に切った林檎にまぶしてみた。しゃきっとした嚙み味と味の響きが意外にいい。正月は数の子を交ぜると、また変わった肴になる。

隠居の所望で、文吉は小鰺《こあじ》の干物を焼きはじめた。

焼く前に、まず網に酢をたらしておく。こうすればくっついて焦げることもない。

身か皮か、どちらから焼くかは干物によって異なる。小鰺はまず身から焼き、一度だけ裏返して皮を焼く。

火加減などがむずかしい焼き物だが、文吉は大正ののどか屋でも出していたらしく、手慣れた仕事ぶりだった。大根おろしを添え、醬油をさらりとかけて出す。

「……なるほどねえ。何かつながってきたような気がするな」

あんみつ隠密は、とがったあごに手をやった。

頃合いと見た時吉は小皿を出した。

安東が「甘え」、隠居が「うまい」、声が響き合った。

「こりゃあ、焼き加減が絶妙だね、文吉さん」

隠居が声をかける。

「ありがたく存じます。わたくしの店でもお出ししていましたので」

「ほう、のどか屋代々の味なんだ」

「はい。そこの料理書のなかにも見憶えのあるものがいくつかございます。父も祖父も、読んで料理を学んだのでしょう。線がいくつも引っ張ってありました」

「うちの人はそういうことをしないので、まだきれいなままですがね」

「ちょっと待ってくれ、おかみ。いま何て言った？」

安東がだしぬけに手を挙げた。

「えっ？　うちにある料理書はきれいなままだって言っただけですけど」

おちよは腑に落ちない顔つきになった。

「いや、いま何かひらめきかけたんだが……」

あんみつ隠密は粋に崩した本多髷《ほんだまげ》に手をやった。

「またどっかへ行きやがった」

「はは。そのうち思い出しますよ」

と、隠居が酒を注ぐ。

「まあ、ともかく……」

猪口をついと上げて隠居に会釈すると、安東は半ばほど酒を呑んでから続けた。

「江戸へ飛ばされてきたのは、文吉さんだけじゃねえみたいだな」

「ほう」

「前にもちらっとここで言ったんだが、三囲稲荷の手前の土手のあたりに、瀕死の女が倒れてた」

「ああ、あの話ですか」

時吉はただちに思い出した。

「女はあんまり見たことのねえような風体《なり》をしていた。その女は、助けようとした百姓に『なんとかが倒れた』と言い残して死んだ。そのなんとかってのは、実は、大正の浅草十二階ってやつじゃなかったのかい？」

文吉が、あっ、と声をあげた。

「そうすると、その女の人も……」

「飛ばされてきたのかもしんねえ。そうとしか思えねえ」

あんみつ隠密はそう言うと、残りの酒をくっと呑み干した。

「なるほどねえ。あんまり激しい揺れだったから、まあ言ってみりゃ、あらぬところにすきまができちまったわけだね。そのあいだから弾き飛ばされてきた人が、行ったり来たり……」

と、隠居。

「これみたいなものですね。……おお、よしよし」

おちよが小ぶりのでんでん太鼓をつかみ、ぐずりだした千吉に振ってやった。

てんてん、てんてん……。

いい音が響く。

てんてん、てんてん……。

紐の先についた赤い玉が、太鼓に触れては戻っていく。

「お乳じゃないか？　ちよ」

時吉は声をかけた。

「そうね。それに、もう遅いから寝かせてきます」

おちよは皆に会釈してから階段のほうへ向かった。

「行ったり来たり、か」

安東が腕組みをしたまま首をひねった。

黒四組の組頭の頭の中でも、しきりに思案が行ったり来たりしているようだった。

そのうち、ふっとその顔つきが変わった。何かに思い至ったような表情になった。

「そうか！」

と、ひざを打つ。

「何か分かりましたか」

時吉が問う。

「おそらく……いや、分からねえが、そういうこともあるだろうよ。きっとあるに違《ちげ》えねえ」

あんみつ隠密はしきりに独りごちた。

「いい思案が浮かびましたかい？」

季川が問う。

包丁を研いでいた文吉も手を止め、じっと安東を見た。

「鬼や天狗の正体が分かったような気がする」

あんみつ隠密はそう言った。

三

大徳利に燗をつけてから火を落とし、最後の肴を笠間《かさま》の大皿に載せて座敷に運んだ。ここからは一枚板の席ではなく、時吉と文吉、それに赤子を寝かせてきたおちよも交え、小上がりの座敷で話をすることになった。大皿に肴を盛れば皆でつつけるし、足も伸ばせる。

さらに、料理書の入った棚が手近なところにあった。その書物を手に取りながら、安東がこれから謎解きめいたものを行うところだった。

「さて」

いくらかもったいをつけて座り直すと、安東は文吉にたずねた。

「ここに並んでいる料理書のうち、見憶えがあるもの、つまり、大正ののどか屋にも伝わっていたものはあるかい？」

「はい、何冊かあります」

「たとえば、どれだい？」

安東の問いに応えて、文吉は書棚をあらためた。

「『鯛百珍料理秘密箱』は使ってたんだろう？」

と、時吉。

「ええ。これなんかも、薄い本ですが、線がいろいろ引っ張ってありました」

文吉が手に取ったのは『柚珍《ゆうちん》秘密箱』だった。柚子《ゆず》を使った料理ばかりが紹介されている珍しい書物だ。

上梓《じょうし》されたのは天明五年（一七八五）。百珍物の嚆矢《こうし》とされる『豆腐百珍』から遅れることわずか三年後だ。

「おお、それでいいや。どこに線が引っ張ってあったか、思い出せるところがあったら言ってみな」

「はい……ここに線引きがありました。『柚まんぢうの仕かた』のところです」

「饅頭《まんじゆう》のつくり方のところとは、こりゃまた甘いものに目がない旦那にはおあつらえ向きですな」

隠居が茶化す。

「うう、饅頭か……まあ、いいや。どこだい、線が引っ張ってあったのは」

口元をさっと手で拭ってから、安東はたずねた。

「『是《これ》も右のごとく中をとり、しばらく水へ漬《つけ》をき、取あげ、雫《しずく》をたらして……』そのあとのところです。『上々の陳米《うるこめ》の粉と、上々の葛《くず》とを調えをき、白あんのまんぢうの、あんの沢山《たくさん》なるを』というくだりに線が引っ張ってありました」

「白あんか……いけねえ、よだれが」

今度は手の甲で拭ったから、期せずして笑いがわいた。

「なにぶん古い料理書で、傷《いた》んでいるところもありましたが、そのくだりははっきりと憶えております」

「百年以上前の本っていう勘定になるからねえ」

おちよが感慨深げに言った。

「本が違うってことはないかね。何冊も出ていただろうから」

季川が指さす。

「いえ」

文吉は書物を閉じ、表紙のあるところを示した。

「ここに醤油のしみがついています」

「ああ、お客さんがうっかりお皿を落としたの」

と、おちよ。

「うちの本にも、同じところにしみがありました」

「なるほど。なら、間違いないね。大正ののどか屋でも、柚子饅頭を出したりしてたのかい？」

「いえ、柚釜の蒸し物は冬にときどきお出ししていましたが、饅頭までは手間がかかるもので」

「同じように、柚子を二つに割って中身をくりぬいて、蒸籠《せいろ》の代わりにして饅頭を蒸すわけだな？」

時吉がたずねた。

「柚釜では、精進物と魚の二つをお出ししたことがあります。饅頭もつくり方は同じですね」

「ますます食いたくなってきたぞ」

あんみつ隠密は何とも言えない顔つきになった。

「まあ、甘い香の物でも。こちらの沢庵《たくあん》は甘めにつくってありますので」

おちよが笑いながらすすめる。

安東はさっそくつまんで、こりっとかんだ。

「うん、甘え」

お気に召したようだった。

「わたしはこっちを」

隠居が割り干し大根の醬油漬けに箸を伸ばした。こちらは小口切りにした唐辛子も入っているから、ぴりっと辛い。

ほかには蓮根《れんこん》の甘酢漬けや五色豆《ごしきまめ》など、付け合わせのために多めにつくっておいた品ばかりだが、肴の品数としては不足はなかった。

「で、話の本題だ」

安東は猪口をさりげなく差し出した。

大徳利はこつがいるので、おちよが両手で持って慎重に注ぐ。

「文吉さんは大正ののどか屋で、店に伝わっていた料理書を読んで勉強していた。その手でつくってみて、客に出していた料理もいろいろあるだろう」

「はい、ございます」

「もし……」

くいっと酒を呑み干すと、安東は立ち上がって書棚に歩み寄った。

「ここにある料理書を、おれがみんなかっさらっていったとする。引きちぎって捨てたのでもいいや」

安東は紙をちぎるしぐさをした。

「もし、そうなったとすれば……」

腕組みをして、座敷をのしのしと歩く。

そして、やにわに腕を解き、人差し指を軽く振ってから言った。

「江戸ののどか屋から大正ののどか屋へ、料理書は受け継がれなかったことになっちまう。文吉さんが料理を学んで、客に出すこともなくなるっていう勘定にならあな」

「そりゃ道理ですな」

と、隠居。

「つまり」

また座って、あんみつ隠密は続けた。

「大正に二つののどか屋ができちまうっていうわけだ。一つは、文吉さんがやっていたとおりの、料理書が受け継がれているのどか屋。いま一つは、料理書がないのどか屋だ。おれがここで本を捨てたら、違うのどか屋ができちまうことになる。いや、もっと分かりやすいたとえもあるな」

「と言いますと？」

おちよが身を乗り出す。

「こりゃ、物のたとえなんだから、気を悪くしないでくれよ、おかみ」

「はい」

「いま二階で寝てる千吉ちゃんは、文吉さんのひいじいさんに当たる。おれがここで、こんなふうに乱心して……」

安東は妙な具合に顔を崩した。もともと男前ではあるが風変わりな面相だから、ますます妙な具合になった。

「千吉ちゃんを殺《あや》めてしまったとする」

「ちょいと顔と声がこわすぎるね、旦那」

すかさず隠居が言った。

「ああ、すまん。ともかく、千吉ちゃんにもしものことがあったら、文吉さんは生まれねえっていう勘定になるじゃねえか」

「さようですね。父も祖父も生まれていません」

「だろう？　そんなことがあったら、わけが分かんなくなっちまう。どっちがほんとののどか屋だったのか、いや、そもそも大正までのどか屋が続いてないっていうことになら《ヽ》あな」

安東は場を見回した。

「生まれるはずがなかったわたくしが、こうやって江戸ののどか屋の座敷に座ってるってことになりますね。これはいったいどういうことでしょう」

文吉が額に手をやった。

「わけがわからないね。年寄りにはむずかしすぎる」

隠居はお手上げの様子だった。

と、座敷の面々は思案投げ首だったが、猫たちの知ったことではない。喧嘩なのか、ただじゃれあっているだけなのか、のどかとやまとは階段でどたばたしはじめた。

「これ、やめなさい。せっかく寝たのに千吉が起きるでしょ」

おちよが叱る。

もう一匹のちのは人をまったく恐れないから、あんみつ隠密の膝に乗って喉を鳴らしはじめた。

「おまえはだれでもいいのか」

時吉があきれたように言う。

「同じ柄の猫はうちにもおりました。さて、どうなったことでしょう」

文吉が案じ顔になった。

「もし、おれが三味線屋だったりしたら……」

安東はかぎしっぽの猫をひょいとつまみあげた。

「文吉さんの猫もいなかったか、柄が違ったりしたかもしれねえな」

ぽいっと書棚のほうへ投げると、ちのはぶるぶるっと身をふるわせ、すぐさま前足をなめだした。

「それで、鬼や天狗の正体の話はどうなったんでしょうか」

猫たちの騒ぎが収まったところで、時吉がたずねた。

「よくぞ聞いてくれた、あるじ」

安東は長いあごをつるりとなでてから続けた。

「いま言ったとおり、大正にいろんなのどか屋ができたとする。のどか屋だけじゃ話が狭《せめ》えから、いろんな大正の世の中ができたと思いな。今日出た北窓は二色だけだったが、もっとたくさんの色の北窓があるようなもんだ。よもぎが入ったの、白胡麻をまぶしたの、青海苔を振ったの、ほかにもいろんなのがあらあな。……いけねえ、またよだれが」

あんみつ隠密はまた口元を手で拭った。

「で、そんなことになったら、どれがほんとの大正の世の中だったたか、わけがわからなくなっちまうじゃねえか」

「枝がたくさん分かれた木みたいな按配ですね」

「いいこと言うぜ、おかみ」

安東はにやりと笑った。

「あんまり枝分かれしすぎたら、幹がどこやら分からなくなっちまう。そこで、いらねえ枝を切ったりして、幹をはっきりさせる役どころの出番になるわけだ」

安東はそう言ったが、時吉はいっこうに呑みこめなかった。鬼や天狗とどうつながるのだろう。

「文吉さんは、本筋の幹じゃねえところへ迷いこんでしまった。ほかにもそういった人がいるだろう」

「時の迷子みたいなものですね」

おちよが言った。

「そうだな。そういった迷子を連れ戻し、本筋の幹をしゃきっと保たせるお役目があるんだ」

ようやく話が見えてきた。時吉はいくらか身を乗り出して言った。

「すると、鬼や天狗というのは……」

「草深い在所に住んでいる者の目にはそう見えたっていうことだろう。時の迷子を連れ戻しにきた番人みたいなやつじゃねえかとおれは踏んでるんだ。ずっと先の世からやってきたんだ。そりゃ、面妖な恰好もしてるだろうぜ」

「なら、旦那とご同業みたいなもんじゃないですか」

隠居がそう言ったから、あんみつ隠密は表情を崩した。

「違《ちげ》えねえ。いつの時にだって、隠密稼業の役人はいるんだろうよ。江戸くんだりまで出張《でば》ってきて、ご苦労なこったな」

「では、わたくしは、番人に捕まってしまうのでしょうか」

文吉が不安げに戸口のほうをちらりと見た。

「捕まるのが悪いことばかりとはかぎらねえぜ」

と、安東。

「すると、捕まったら大正へ戻れるかもしれないんですね？」

時吉はたずねた。

「そりゃあまあ、向こうさんの肚《はら》次第だろうがね」

そう前置きしてから、安東は言った。

「文吉さんはこちらへ飛ばされてきてから、何も悪さはしてねえ。江戸で辻斬りとかやってたなら、そりゃ番人だって黙っちゃいねえだろう。そういう曲がった枝はたたっ斬ろうとするに違えねえ」

と、剣をふるうしぐさをする。

ちなみに、時吉が前に剣術について問うたところ、隠密らしく「おれは諸国無手勝流」という答えが返ってきた。まあたいしたことはないらしい。

「じゃあ、おとなしくしてれば、そのうち番人さんが見つけて、大正に戻してくれるっていうわけでしょうか」

おちよが問うた。

「何かそういった気配はあるかい、文吉さん」

「いえ……そういうことは」

「迷子はたぶん一人や二人じゃねえんだ。ひょっとして、おとせちゃんもそうなってるかもしれねえぞ」

「なるほど、でんでん太鼓みたいに」

おちよが太鼓を操るしぐさをした。

「どこか先の世で迷子になってるのかもしれないね、おとせちゃん。でも、それならまだ望みがある」

季川がそう言ってうなずいた。

「で、文吉さんの話だ」

安東が話を元に戻した。

「時の番人がもし気づいていねえんだとしたら、気づかせるような算段をしなきゃならねえ。おれはそう思うんだ」

「では、安東様、そこの料理書を破いたりするわけですか」

「まさか、猫を三味線にするわけにはいきませんからね」

時吉とおちよが言った。

剣呑《けんのん》な気配でも察したか、ちのがあわてててたたたたっと座敷から走り去っていく。

「本を破くのは、ちょいと乱暴な話だな。何かおとがめがあっちゃいけねえ」

「そういった乱暴なことじゃなくて、番人さんが気づいてくれるような算段をするわけですね」

と、おちよ。

「むずかしい話だねえ」

隠居が腕組みをした。

「たれはいかがでしょう」

文吉がだしぬけに言った。

「命のたれか?」

と、時吉。

「はい。わたくしがぐっと握りしめて、ともにこちらへやってきた命のたれの小瓶は、師匠のたれが詰まった壺の脇に置かせていただいています。その大正のたれを、江戸ののどか屋で使えば、あるいは番人さんに気づいていただけるんじゃなかろうかと」

「なるほど」

あんみつ隠密がひざを打った。

「そりゃ乱暴じゃねえ。ずいぶんと上品なやり方だ」

「でも、それで気づいていただけるでしょうか」

「やってみなきゃわからねえよ。遠い先まで伝わった命のたれが、江戸ののどか屋に舞い戻って料理に使われた。その匂いを嗅ぎつけてくるかもしれねえじゃないか。面《おも》白《しれ》え、やってみな」

「はい」

かくして、話がまとまった。

翌《あく》る日、文吉は再び命のたれを手にした。

第九章　鰤《ぶり》大根

一

「魚はいいのが入ってるかい？」

一枚板の席に座るなり、人情家主の源兵衛がたずねた。

今日は店子《たなこ》の富八《とみはち》と一緒だ。野菜の棒手振《ぼてふ》りで、のどか屋にも活きのいいとれたてを運んでくれる。

もう一人、質屋の子之吉もいた。休みの日にはよく顔を出す。座敷では大工衆が最《さい》前《ぜん》から酒を呑んでいる。いつもと同じのどか屋だ。

「脂《あぶら》の乗った寒鰤《かんぶり》が入ってます」

時吉は笑顔で答えた。

「おお、そりゃいいね」

「鰤と言やあ……」

富八が源兵衛を見た。

「照り焼きかい？」

「いや、おいらが仕入れてきたいいやつと合わせてくださいよ」

「あっ、大根か」

「当たり」

「冷えてきた頃合いの鰤大根はこたえられないからねえ」

と、家主。

「そういう声もあろうかと」

時吉は笑った。

「わりかた手間のかかる料理ですが、下ごしらえは終わってますので、そんなにお待たせはしないと思います」

時吉はそう言って厨の奥を見た。

鍋のはたで文吉がほほ笑む。

「鰤大根かい。それなら、こっちにもくれよ」

「おいらも」

「おいらも」

座敷の大工衆から次々に手が挙がった。

「はい、しばしお待ちくださいね。できあがるまで御酒《ごしゅ》やほかの肴は？」

千吉を背負ったおちよが如才なくたずねた。

「なら、景気づけにくれ」

「肴は箸休めでいいや」

「おいらはもうちっと腹にたまるものを」

「汁物もいいいな」

よくあることだが注文がてんでんばらばらだから、おちよが笑った。

「こちらは見世の都合でいいですから」

背筋の伸びた質屋が言う。

「いい客だね」

源兵衛が酒を注いだ。

「ありがたく存じます」

時吉は軽く頭を下げた。

ほどなく富八が野菜の出来についていい調子にしゃべりだしたので、時吉はすっと退《ひ》き、文吉のもとへ歩み寄った。

「たれは使ってたか」

小声で問う。

「はい。煮汁にたらしていました」

「なら、ここで使ってみな」

「承知しました」

文吉はそう言って、奥のほうを見た。

命のたれの壺が置かれている。そのわきに、綾織の巾着があった。中に瓶が入っている。

「使いきらなくていいぞ。減った分は足してやる」

「ありがたく存じます」

「なら、鰤大根は任せた」

「承知しました」

文吉はきりっと締まったいい顔つきになった。

あとは煮るばかりにまで段取りが進んでいた。

大根は輪切りにし、包丁で皮を剝いて面取りをする。荷崩れが防がれるばかりでない。面取りをすれば、ほっこりとした味に仕上がる。

大根は米を少し加えた水で煮る。もちろん、あくを取るためだ。竹串で刺してみて、すっと引き上がるほどの硬さにまで茹であがったら、水で洗っておく。

鰤は切り身にし、裏表に塩を振って四半時あまり置く。それから湯に通し、水に取って汚れを落とす。

ここまで段取りが進んだら、いよいよ鍋の出番だ。

煮汁は水、酒、味醂、醬油、砂糖でつくる。ただし、醬油は三度に分けて分量を加える。初めからすべて加えず、少しずつ味をしみこませていく。

煮方も細かいところに気を遣う。最初は大根と鰤を同じ鍋に並べる。煮立ってきたら、ていねいにあくを取る。

そして、「一《ひ》の、二《ふ》の……」とゆっくり数を数え、五十に至ったら鰤だけ取り出す。

「人生、五十年ってむかしは言った。人生の数だけ数えな」

時吉は師匠からそう教わった。その教えは、ずっとのどか屋に受け継がれたらしい。文吉も同じように五十まで数えていた。

ここから大根を煮詰めていく。泡の立ち具合などを見ながら、残りの醬油を加える。

この加減がなかなかにむずかしい。

小鉢に取った醬油がなくなると、文吉は命のたれの小瓶を手に取った。

「なにやら大事そうなものが出たね」

いきさつを知らない家主が目ざとく見つけて言った。

「秘伝のたれでございます」

と、文吉。

「ほう、どこのでしょう」

質屋が問う。

「ええ、その……わたくしのふところに入っていたもので」

文吉は少しうろたえながら答えた。

わけを知らない客には、何も思い出せなくなってしまった料理人という芝居を続けなければならない。

「たまたま、うちのたれと似たような味でしてね」

時吉が助け舟を出した。

「ほう、そりゃ何かの縁だねえ」

「ふしぎなものですね」

一枚板の席の客はそれで納得してくれた。

ややあって、文吉は意を決したように小瓶の蓋を取った。

束の間、瞑目《めいもく》し、心の中で祈りを捧げてから、文吉は命のたれを鰤大根の鍋に加えた。

再び蓋をし、大きな息をつく。

そのさまを、包丁を研ぎながら時吉はじっと見守っていた。

(江戸ののどか屋の鍋に、大正ののどか屋の命のたれが入った。

江戸から先へ先へと流れていった命のたれが、また江戸へ戻ってきた。

このえもいわれぬ香りを、果たして時の番人は嗅ぎつけてくれるか……)

鍋がさらに煮詰められ、味のしみた大根が存分にやわらかくなったところで、鰤を鍋に戻す。

今度は煮なくていい。鰤をあたためるだけでいい。

「おっ、できたね」

源兵衛が表情を崩した。

「おいらが入れた葱も載ってら」

富八が厨を覗きこむ。

「匂いだけでたまりませんね」

子之吉は手であおぐしぐさをした。

「お待ちどおさまでございます。ようやくできあがりました」

文吉はだれにともなく頭を下げた。

おちよと時吉も手伝い、客にふるまっていく。

器に盛った鰤大根には汁も入れる。薬味は長葱と柚子の皮と芹《せり》を刻んだものだ。彩りも香りもいい。

「これは……」

と言ったきり、人情家主が黙りこんだ。

「……うまい」

正しいあきないの質屋は、ひと言発しただけだった。

あまりにもうまいものを食すと、人は言葉をなくしてしまう。

野菜の棒手振りは、目に涙を浮かべていた。

「どうしました？　富八さん」

おちよが声をかける。

「おいらが運んできたあの大根がよう……こんなにうまくしてもらって、ありがてえこった」

富八はそう言って、袖で涙を拭った。

座敷の大工衆の評判も上々だった。

「味がしみてるねえ」

「寒鰤の脂の抜き加減がいいぞ」

「釘を打つとこを抜くのとは、わけが違うからな」

「そりゃ、ただの手抜きじゃねえか」

「大根にも鰤にも、しっかりと味が入ってら」

「びくともしねえ壁みたいなもんだな」

仕事になぞらえながら、口々にほめる。

「これならどこの料理屋にも負けないぞ。これ以上はないほどの煮方だ」

大根をひと切れ食した時吉はそうほめたが、文吉はどことなく落ち着かない様子で、戸口のほうばかり見ていた。

「どうしたの？　文吉さん」

おちよが問う。

「いや、その……番人さんが来やしないかと思って、さっきから気になって」

文吉は包み隠さず答えた。

「そんなにすぐ来るかねえ」

おちよは時吉の顔を見た。

「鬼か天狗みたいなのが、のれんをくぐっていきなり入ってきたりはしないだろうよ。えらい騒ぎになってしまう」

時吉がそう言うと、文吉の顔つきがいくらかやわらいだ。

「鬼か天狗って？」

家主がいぶかしそうにたずねた。

「い、いや、こちらの話です」

時吉はあわててごまかした。

文吉のもとに「訪れ」があったのは、その晩のことだった。

二

文吉は夢を見ていた。

どこか小高い丘の上に立っていた。あたりは暗く、周りにはだれもいない。

（木声さんはどこだろう？

火に追われて、いつのまにかはぐれてしまった。

木声さんは無事か……）

そう案じながら天を仰ぐと、包丁で切ったような月がかかっていた。

下弦の月だ。

その月あかりがにわかに濃くなったかと思うと、殻を割った玉子のように月の中身がどろりと溶けだし、文吉のほうへゆっくりと流れてきた。

光り物だ。

そう見る間《ま》に、文吉が立っていた場所がすーっと明るくなった。

どこにいるか分かった。

待乳山《まっちやま》だ。

真土山《まっちやま》とも言う。『万葉集』では亦打山《まっちやま》と呼ばれていた古い景勝地だ。今戸橋《いまどばし》の南《みなみ》詰《づめ》だから、浅草寺にも近い。

名高い聖天宮《しょうでんぐう》があるこの丘に立つ文吉のもとへ、光り物はいっさんに滑ってきた。

そして、いともたやすく文吉の体をさらうと、轟音を響かせながら東のほうへ流れていった。

下に大川が見えた。橋がかかっていない場所を飛び越え、向こう岸に渡る。

しきりに声が聞こえた。頭から抜けるような甲高い声だ。聞いたことのない異国の言葉のようだった。

やがて、文吉を包んだ光り物は、向こう岸に着いた。

見憶えのある場所だった。

(そうだ。ここで木声さんと別れた。

それから……)

文吉を包んだまま、光り物はいくらか北のほうへ進んだ。

また声が響いてきた。

聞きなれない異人の声のようなものがひとしきり発せられたかと思うと、文吉にも分かる言葉になった。

ただし、発音は妙だった。懸命に学んで、どうにか言葉にしたという感じだ。

それはこう聞き取ることができた。

わするるな
このみめぐりの

げんげつを

同じ言葉が繰り返し唱えられたかと思うと、光り物の流れはにわかに速くなった。
ふと気づいたとき、文吉は江戸ののどか屋で目を覚ましていた。
仰向けになったまま、文吉は唇を動かした。
まだしっかりと憶えていた。

忘るるな
この三囲の
弦月を

文吉は夢で見た月を思い出した。
包丁で半分に切ったような下弦の月が、冴えざえとした光を放っていた。

三

翌る日――。

自空とその弟子を伴って、長吉がのどか屋へやってきた。

隠居が先客だった。ともに一枚板の席に座る。

頃合いを見て文吉の夢の話を告げると、自空の顔つきが変わった。

「それは……来たかもしれません」

占い師はそう言って、隣の季川の顔を見た。

「来たね」

短く隠居が言う。

「下弦の月の晩に、三囲稲荷のあたりでお迎えが来るわけか」

長吉がわが腑に落とすように言った。

「ちよとも話をしたんですが、そうとしか考えられません」

と、時吉。

「いよいよ帰れるかもしれないわね、あんたのひ孫さん」

背に負うた千吉を揺すりながら、おちよが言った。

ちょうど火消し衆が帰ったあとで、座敷に客の姿はない。これなら心置きなく話をすることができる。

「やはり、命のたれの香りを嗅ぎつけたのかもしれないね」

隠居が手を動かしている文吉に言った。

「はい……ありがたいことでございます」

文吉はていねいに答えた。

「それにもたれが入ってるのかい？」

季川が文吉の手元を指さした。

「いえ、これはただの薄い葛汁《くずじる》です」

文吉はそう言って、椀をこしらえはじめた。

「あんたが考えたのか」

と、長吉。

「何か大正の料理を教えてくれ、と師匠から言われたものですから」

「ほう、大正のな」

「と言っても、わたくしは冬場に白菜の料理をよくお出しするのですが、ないものは使えませんので」

「そいつぁ、道理だ」

古参の料理人は笑みを浮かべた。

「聞くかぎりではうまそうなんですがね。鍋物に入れると、ことに按配がいいらしいですよ」

文吉の椀に仕上げの松葉柚子を盛りながら、時吉が言った。

「はい、白菜は茹でると甘くなってくれますので」

「大正へ行って、食べるわけにはいかないのかしら」

と、おちよ。

「軽く言うな。向島や本所へ行くわけじゃねえんだ」

長吉が苦笑した。

椀ができた。

「お待ちどおさまでございます」

文吉は椀を下から出した。

「ほう、こりゃ変わってるね」

隠居が顔に驚きの色を浮かべた。

「思いつきもしなかったな、これは」

長吉も和す。

「さっそくいただきましょう」

椀を受け取るなり、自空が言った。

文吉がつくったのは、「あつそばめし」だった。大正ののどか屋では、その名で出していたらしい。

上品に仕上げた薄葛汁の中に、まず飯をよそい入れる。さらに、その上にあたたかい蕎麦を載せたのが文吉の思いつきだった。飯と蕎麦を同じ椀で食す料理は、江戸広しといえども見当たらない。

飯と蕎麦だけではいま一つ華がないので、塩茹でして開いた海老も椀に入れる。そうすれば、味にも彩りにも深みが出る。

さらに、白髪葱《しらがねぎ》と松葉柚子を添え、仕上げにおろし山葵《わさび》を、ちゅ《ちゆ》と載せる。

海老の赤に葱の白、柚子の黄色に山葵の緑。一幅の画《え》さながらの趣だ。

「存外って言っちゃあ失礼だが、こりゃいけるね」

舌鼓を打ってから、季川が言った。

「葛の加減もいいいぞ。薄すぎずくどすぎず、いい按配だ」

「ありがたく存じます」

長吉に向かって、文吉は頭を下げた。

「椀が小ぶりなのがちょうどいいね」

自空が弟子の顔を見た。

「はい、大きいとちょっと食べにくかったかもしれません。とってもおいしいです」

まだあどけなさの残る弟子は笑顔で言った。

あつそばめしの評判は上々だった。

「うちでも出しましょうか、おまえさん」

おちよはそう言ったが、時吉は少し考えてから首を横に振った。

「それはやめておこう。番人に見つかって、面倒なことになったら困る」

「そんなに大正の料理をつくりたければ、おまえもそっちへ行けっていうわけか」

と、長吉。

「そりゃ困るね。剣呑だからやめときましょう」

おちよはすぐさま思いつきを取り下げた。

「なら、一期一会《いちごいちえ》だね、この料理は」

隠居が感慨をこめて言った。

「よく味わっていただきましょう。……できれば、もう一杯」

「わたしも」

自空と弟子が笑みを浮かべて椀を差し出した。

その後もしばらく料理談義が続いた。

大正ののどか屋でどんな料理を出していたか、文吉の口から聞くのはなかなかに楽しかった。

どういう味かは分からないが、「バタ」という舶来《はくらい》のものも使っていたらしい。茸などをこれで炒めると美味なのだそうだ。

「で、次の下弦の晩の話だけど……」

頃合いを見て、おちよが本題に戻した。

「おう、暦を見ればすぐ当たりはつくからな」

長吉が両手を軽く打ち合わせる。

「きれいな半月だったんでしょう？　文吉さんが夢で見たのは」

隠居が縦に手を動かした。

「ええ。包丁ですぱっと切ったみたいな月でした」

「下弦の月がきれいに見えるわけだから、やっぱり丑三《うしみ》つ時だね」

「夢で聞いたとおりでしょうか」

「まず間違いはなかろうね」

隠居はうなずいた。

「時の番人の指示に従って、いよいよ大正に戻れるかもしれませんね」

と、自空。

「その大正なのですが……」

ややあいまいな顔つきで、文吉は言った。

「わたくしは、大震災の途中で江戸に飛ばされてきました。ということは、またあの火が迫る道に戻されてしまうのではなかろうかと……」

「そりゃ心配だね」

おちよが案じ顔になった。

「なら、このまま江戸にいるかい？」

隠居が問う。

「でも、もう番人さんには見つかっているはずなので。それに……」

「それに？」

言いよどんでしまった文吉を、長吉がうながした。

「大正に戻りたいという心持ちも、もちろんあります。のどか屋は焼けたか壊れたか、どちらにしても無事な姿ではないでしょうが、この目でたしかめたいと」

「そりゃ、人情だな」

「それに、土手で生き別れてしまった木声さんが気にかかってなりません。無事に逃げられたのか、それとも……と思うと、胸が痛くなってまいります」

文吉はそう言って、作務衣の胸に手をやった。

「それも、人情だ」

長吉は重ねて言った。

「店を手伝ってくれていた叔母、飼っていた猫たち、通ってくれていた常連さんたち、みんなゆくえが気にかかります。ですから……こわくないと言えば嘘になってしまいますが、わたくしはまいります。そして、番人さんにすべてお任せします」

文吉は意を決したように言った。

「その意気だ」

長吉の声が少ししゃがれた。

「餞別がわりに、命のたれを注ぎ足してやれ、時吉」

「そのつもりです」

時吉はそう言って、文吉の肩をぽんとたたいた。

「この子を夜風に当てるわけにはいかないから、あたしは留守番だねえ」

と、おちよ。

「年寄りも夜更かしはちょっとね」

隠居も言う。

「では、いくらか離れたところから見守っていましょう」

自空がうなずいた。

「もう一人、黙っていないお人がいるかもしれないね」

おちよが謎をかけるように時吉を見た。

次の一品は真魚鰹《まながつお》の西京焼きだ。切り身はもう三日ほど浸けてある。その甘い白味噌を拭い、指ですくうと、時吉はその「お人」の声色《こわいろ》を遣ってみせた。

「うん、甘え」

四

その日が来た。

丑三つ時にはまだずいぶん間がある。夜はだんだんに更けてきたが、のどか屋の軒行灯にはいつもどおりの灯が入っていた。

厨には文吉がいる。時吉のもとで料理をつくるのも、今夜が最後だ。

「また、いい香りが漂ってきたね」

隠居が手であおぐしぐさをした。

「命のたれも取り出しましたよ」

同じ一枚板の席で、弟子を伴った自空が言う。

「おれのは無理に甘くしなくてもいいからな。好きなようにやってくんな」

真ん中に陣取ったあんみつ隠密が表情をやわらげた。

「焼きにぎりのようだね。わたしゃ好物なんだ」

座敷に陣取っている源兵衛も笑みを浮かべる。

今日は祝いごとのあった店子とその朋輩を連れてきた。人情家主がよく見せるふるまいだ。

「ただの焼きにぎりじゃないかもしれませんよ」

おちよが謎をかけるように言った。

しばらくぐずっていた千吉だが、おちよの背であやされているうち、ようやく機嫌が直った。さきほどは猫ののどかに向かって「ばぶばぶ」と声を発したから、見世じゅうに和気が満ちた。

「ほう、ただの焼きにぎりじゃないのかい。網でにぎりを焼いてるようにしか見えないがね」

源兵衛は首をかしげた。

「椀も出てますよ、家主さん」

「まだ趣向があるみたいですね」

店子たちが言う。

そのとおりだった。文吉は一つずつていねいに刷毛で味をつけ、三角のにぎりを焼きあげていった。醬油と味醂、それに命のたれを加えた味だ。

大正ののどか屋で好評を博していた料理だった。

あの人は無事か、あの人は難を逃れただろうか……。

お客さんの顔を一人一人思い浮かべながら、文吉は心をこめて焼きにぎりを仕上げていった。

できあがったものは椀に入れ、上から茶をかけた。ただの焼きにぎりではなく、茶漬けにするのが文吉の工夫だった。

茶をかける加減にも気を遣う。どっぷり浸すのは品がないし、食べたときにべちゃべちゃしてしまう。茶に浸っているところと、ぱりっとしたままのところ。その食味の違いも楽しめるように、茶は七分目くらいに控えて張る。

上に載せるのは種を取った梅干しとおろし山葵《わさび》、それに海苔を散らす。混ぜて食べれば、格別にうまい。

「いいね、こりゃ」

隠居がうなった。

「冬場はことにしみます」

占い師も感に堪えたように言う。

「うん、たれを塗ってちょいと焦がしたとこが甘え」

安東だけは違うところを持ち上げた。

「ありがたく存じます」

文吉の礼は、いつもよりさらに長く深かった。

短いあいだだったが、江戸ののどか屋で修業をした。さまざまなお客さんの料理をつくってきた。今夜でこの厨ともお別れかと思うと、胸がふさがれるかのようだった。

一人一人にわけを話して、別れのあいさつをするわけにはいかない。文吉が姿を消したことを客にいぶかしがられたら、だしぬけに記憶が戻ってきたので、急いで上方《かみがた》へ帰っていったことにする。そう話が決まっていた。

「あんまり早く行っても、寒いばかりだからな」

茶漬けを食べ終わったあんみつ隠密がぽつりと言った。

「はは、まだずいぶんと時がありますよ、旦那」

と、隠居。

「待つしかないでしょう」

自空も和す。

「何かあるんですかい？」

いきさつを知らない源兵衛がたずねた。

「い、いえ、こちらの話で」

おちよがあわててごまかした。

家主はなおもどこか片付かない顔をしていたが、銚子のお代わりが来ると祝いごとの話に戻っていった。

ややあって、次の料理ができた。

今度は蒸し物だ。

竹で編んだ蒸籠《せいろ》の蓋を取ると、ふわっと蒸気が漂い、目にも鮮やかな赤い野菜が現れた。

金時人参だ。

蒸すと人参の甘みが存分に引き出される。少し塩をかけてもいい。そのまま食してもいい。何も手を加えなくてもうまい。

「甘いね……うまい」

隠居がうなる。

「おれのせりふがなくなった」

あんみつ隠密はそう言って笑った。

「人参の芯から引き出されてくる甘さですね、これは」

蒸し物を食した自空が言った。

「時の甘みかもしれません」

時吉は、文吉を見た。

これは大正の料理ではない。素朴な江戸の小料理だ。

人参をただ切って蒸しただけだが、「切り口も味のうち」と言われる。見た目に赤が美しく映え、甘みも出るようにと、時吉は気を入れて切った。

それはまた文吉への餞《はなむけ》でもあった。

向こうへ戻っても、この味を忘れないでくれ。江戸ののどか屋の味を、たまには思い出してくれ。

そんな思いをこめてつくった一品だ。

「時の甘み……そうかもしれないね」

隠居がしみじみと言った。

「人参はこの一代でこんなに甘くなったわけじゃありません。種があり、そのまた種があり、撒かれた土がある。そういった代々の時が甘みになって、ぐっとこの一本の人参の中に収まっているんです。それをじんわりと蒸すことによって、甘みが芯から引き出されてきます」

時吉が語ると、厨の隅で文吉がうなずいた。小皿に取り分けた人参を食し、じっくりと嚙む。

忘れるまい、と文吉は思った。

この味を、舌と頭に刻んでおこうと心に誓った。

首尾よく大正の世へ戻ることができたなら、そして、火を逃れて命を永らえることができたなら、一からのどか屋を立て直し、同じ蒸し物を出そうと思った。

いま、ほっこりと蒸しあがった人参を口にして、お客さんはみな顔をほころばせている。同じような場面を、向こうでも見たい。もう一度、のどか屋ののれんを出したい。文吉は強くそう願った。

ほどなく、源兵衛と店子たちが腰を上げた。おちよと時吉、それに今日は文吉も外へ出て見送った。

「毎度ありがたく存じます」

「ああ、おやすみ」

「お気をつけて」

客を見送ると、のれんがしまわれた。軒行灯の火も消えた。

別れの時が近づいてきた。

五

「どうか、達者で」

季川が文吉に声をかけた。

丑三つ時まで待つのはご老体にはつらいから、ここで別れになる。

「短いあいだでしたが、お世話になりました」

目に涙をためて、文吉が言った。

「気を楽にしてな。番人さんも悪いようにはしないだろうよ」

「はい」

「戻ったら戻ったで、なにかと苦労があるだろうが、雨や風の日ばかり続くわけじゃない。明けない夜はない。一つ一つ、休み休みでもやれることをやっていけば、やがてまた花が咲くよ」

隠居は優しく語りかけた。

「日は一度、必ず昇るからね」

おちよが言った。

「もし戻れたら、前を向いて、歩いていきます。たとえこんな足でも」

思いどおりに動かないほうの足を、文吉は手でたたいた。

「戻れるさ」

安東が請け合った。

「時の流れが正しくなるように、番人は働いてるんだ。きっと大正の世に戻してくれるだろうよ」

「わたしもそう思います」

自空も言う。

「もし番人が文吉さんをとがめるつもりなら、夢のお告げなどという回りくどい手立ては使わなかったはずですから」

「そりゃ道理だ。問答無用で消しにかかるだろうからな」

と、あんみつ隠密。

「まあ、なんにせよ……」

季川は締めくくりに入った。

「江戸だって何度も焼け野原になってきたんだ。火事ばかりじゃない。地震もあった、出水もあった。そのたびに、皆がちょっとずつ力を出して、その力が合わさって、こうやって立て直してきたんだ。大正だって、きっとそうさ。いつか笑える世の中になる。そう信じて、あんまり気張りすぎずにおやんなさい」

「はい……ご隠居さんも、お達者で」

永の別れだ。

文吉の声がかすれた。

「達者でな」

と、若い料理人の手を両手で握ってやる。

しばらく力をこめて握ると、隠居は何かを思い切るように放し、残る者にあいさつをしてから戸口のほうへ向かった。

皆で見送る。

「毎度ありがたく存じます」

「どうかお気をつけて」

「おやすみなさいまし」

「ああ、おやすみ」

「ありがたく存じました」

隠居の提灯の灯りが揺れながら見えなくなるまで、夜風に吹かれて、文吉はずっと見守っていた。

「さて、そろそろ千吉を寝かせないと」

おちよがぽつりと言った。

「別れが続くな」

と、安東。

のどか屋に戻ると、おちよは半ば眠っていた千吉を背から下ろした。

「おねむのところ、ごめんね」

　赤子に声をかける。

「さ、ひ孫さんとお別れよ」

　そう言ったから、隠密も、占い師とその弟子も笑みを浮かべた。

　どう考えてもあべこべだった。曾祖父がまだ赤子で、ひ孫のほうがこんなに大きいのだから。

　文吉が歩み寄ってきた。

「さようなら、ひいおじいさん」

　そう声をかけ、おちよから大事そうに受け取る。

「よしよし、いい子だ」

　ゆっくり揺らすと、千吉の表情が変わった。

「笑ったぞ」

　時吉が言った。

「思いが伝わったんでしょう」

　と、おちよ。

「つらいかもしれないが、こらえて生きるんだよ」

ひ孫はそう言って、曾祖父の足を優しくなでた。

「何を言われても、我慢するんだ。こらえた分だけ、強くなれる」

わが身もかつてそういう体験をしたのだろう。朋輩からいじめられたことがあるのだろう。文吉はそんなことを言った。

「ゆっくりゆっくり、歩いていけばいい。歩けるさ」

手本を見せるように、文吉はのどか屋の中を歩いてみせた。すたすたとよどみなく進むことはできないが、着実な歩みだった。

「では、これで」

文吉は赤子を母の手に戻した。

「さよなら、よ」

顔をのぞきこんで言うと、何か通じるものがあったのかどうか、千吉は急に泣きだしてしまった。

「おお、よしよし……じゃあ、千吉はこれで」

「元気でね」

文吉は曾祖父に手を振った。

町の顔役の源兵衛に話をつけておいたので、木戸は通れる段取りになっていた。

ただし、こんな夜更けに駕籠を拾うわけにはいかない。川向こうの三囲稲荷のあたりまで、徒歩《かち》にて赴かなければならなかった。

「早めに出ても、土手は寒かろうよ」

安東が言った。

「かといって、遅れるわけにもまいりません」

と、自空。

「番人は気が短《みじ》けえかもしれねえからな」

「なら、あと少し呑んでからにしましょうか」

「文吉さんが江戸ののどか屋で過ごす最後の日だ。急《せ》くことはないやね」

というわけで、掃除まで終えた文吉も交えて、座敷で呑み直すことになった。

「何かできるかい？　あるじ」

安東が声をかけた。

「いま、たれを注ぎ足していますので、それを使って煮奴でも」

「いいね」

「そんなに甘くないですが、よろしゅうございますか？」

「いちだんと冷えてきたから、あったまるものがいちばんだ」

隠密は胃の腑のあたりをぽんとたたいてみせた。

この男、なかなかの洒落者《しゃれもの》で、今日も唐桟《とうざん》の着物を粋に着こなしている。

おちよが階段から下りてきた。

「寝たかい？」

時吉が声をかける。

「だいぶぐずってたけどね」

おちよは笑みを浮かべた。

座敷では、文吉をはさんで隠密と占い師が知恵を授けていた。

「番人には素直に従うっていうことを、しぐさで示しといたほうがいいな」

「と言いますと？」

「寒くても懐手《ふところで》なんかはしねえほうがいいってことよ。飛び道具を握ってるように見えるかもしれねえ」

「こうやって、両手を前に出しておけばいいでしょう」

「はい」

自空が示してやった手本を、文吉がまねをした。

その後も細かいところを打ち合わせているうちに、煮奴ができあがった。

豆腐は食べやすい大きさに切って、湯の中であたためておく。命のたれを酒と水で伸ばしたものに削り節を加え、風味をつけてから漉《こ》す。

これをあたため、あつあつの豆腐を入れる。

仕上げは小口切りの葱、それに、載せるとふわふわ舞い踊る削り節だ。豆腐をふうふうしながら食せば、味が五臓六腑《ごぞうろっぷ》にしみわたる。

「これは体の芯からあたたまりますね」

と、自空。

「おいしいです」

弟子が顔をほころばせた。

「じわっと甘みも出てくるぞ。たれに味醂と砂糖が入ってるからな」

あんみつ隠密だけがそのあたりにこだわった。

頃合いを見て、時吉は棚の小瓶を手に取った。

文吉が持ってきた命のたれは、もうかなり減っていた。

漏斗《じょうご》を用いて、そこにたれを注ぎ足してやる。

おちよがじっと見守っていた。

たれを足し終え、蓋をしたとき、時吉と目と目が合った。

どちらからともなくうなずく。

「ごちそうさまでございました」

文吉が箸を置いた。

火の始末をすると、時吉はおちよとともに座敷に向かった。

時吉が小瓶、おちよが綾織の巾着を持っていく。

「江戸ののどか屋からの餞別だよ」

時吉はそう言って、命のたれの小瓶を渡した。

「ありがたく存じます」

文吉は両手で押しいただいた。

たれが注ぎ足されたばかりの瓶は、まだわずかにぬくみをもっていた。まるで人の血のあたたかさのようだ。

このたれは、生きている。

命をもっている。

文吉はあらためてそう思った。

「さ、帰る途中に落とさないように、これに入れて」

おちよが巾着を差し出す。

「はい……」

文吉は命のたれをふところへ大事にしまった。

「そろそろ、いい時分だな。いくらか土手で待つかもしれねえが」

安東が言った。

「行きますか」

自空が腰を上げた。

「文吉さんをずっと歩かせるわけにはいかないでしょう？」

おちよが言った。

「岩本町を出たら、おれとあるじが交替で土手までおぶっていくからよ」

と、安東。

「相済みません」

頭を下げた文吉のもとへ、のどかがやってきて、やにわに「みゃあ」と泣いた。

「おやおや、名残惜しいのかい？」

おちよが声をかける。

「達者でいなよ」

文吉が首筋をなでてやると、猫はすりっと身を寄せて、ひとしきり喉を鳴らした。

「なら、行くか」

時吉が声をかけると、文吉はのどかの頭をちょんとたたき、ゆっくりと立ち上がった。

「最後に、厨にあいさつをしとうございます」

「分かった。存分にしな」

「はい」

文吉は厨へ赴くと、竈や鍋、借りて使っていた包丁などに目礼した。見ている者が思わず粛然とするような姿だった。

ひとわたり礼を終えた文吉は、壺の前に立った。

命のたれの前で、文吉は深々とこうべをたれた。

胸に手をやり、巾着に入っているものを触る。

「ありがたく……存じました」

腑《ふ》の奥から、声が響いた。

おちよとはここでお別れになる。

「気をつけてね」

戸口まで見送る。

「おかみさん、お世話になりました。本当に、お世話になりました」

重ねた言葉に、文吉の思いがこもっていた。

おちよは火打ち石を取ってきた。

文吉の門出に幸《さち》あれかしと、切り火を切ってやる。

どの角にも、もう灯りはなかった。

その闇に、束の間、鮮やかな火花が散った。

六

見事な半月だった。

削ぎ取られたような下弦の月が天空に懸かっている。

三囲稲荷の鳥居が見える。濃い月あかりを受けて、木造りの鳥居がしみじみと光っていた。

前を隅田川が流れている。鳥居の前は竹屋の渡しの舟着き場だが、こんな夜更けに人影はない。舫《もや》った舟が川波を受け、ゆっくりと揺れているばかりだった。

文吉が夢に見た場所は、いくらか南へ下ったところだが、吹きっさらしの土手で待つのはつらい。むろんしまってはいるが、ここなら門前の茶屋がある。その陰で寒さをしのぎながら、番人が来るのを待つという算段だった。

「向こうさんが来なけりゃ、とんだ無駄足だがよ」

安東はそう言って、打裂羽織《ぶっさきばおり》の襟を合わせた。

「いや、近づいていますよ」

自空がいくらか声を落とした。

「分かるかい？」

「ええ。月に暈《かさ》が出てきました。どうも尋常には見えません」

占い師が指し示したほうを、時吉も文吉も見た。

「たしかに、月がもやもやっとしてきました」

占い師の弟子が言った。

「見な。玉子の黄身が溶けだしてきたみてえになってきたぞ」

あんみつ隠密が指さした。

「気をしゃんともってな」

時吉は言った。

「はい、師匠」

さすがにおそれもあるのか、文吉の声はいくらかふるえていた。

「おっ、来たぜ」

「光り物だ！」

隠密と占い師の声が重なった。

時吉は目を瞠《みは》った。

冴えざえとした光を放っていた下弦の月から、ふっと色と形が剝《は》がれたかと思うと、虚空に光が溶けだした。

舟のごとくにひとしきり揺れていた光は、やにわに渦になって土手のほうへ向かってきた。

光の渦……。

そのなかから、不意におぼろげな人影が現れた。

一人ではない。

二人……いや、三人いる。

「番人だ！」

安東が声をあげた。

「間違いなかった。光り物が……」

自空が口をぽかんと開けた。

時吉は瞬きをした。

夢ではなかった。

時の番人と思われる者たちは、たしかに鬼や天狗を彷彿させる恰好をしていた。角《つの》が生えているように見えた。

「文吉さん、行け」

呆然としていた文吉は、安東の声で我に返った。

「歩けるか」

時吉が問う。

「はい、師匠」

芯の入った声で、文吉は答えた。

番人たちの体は燐光《りんこう》を発していた。その一つがやにわに動き、手招きをする。

来い……。

そう告げていた。

「帰れるぞ、文吉」

時吉は声をかけた。

「行け」

背を押すように、安東が短く言う。

自空とその弟子も身ぶりで「早く」と示した。

もう言葉にはならなかった。

最後に、万感の思いをこめて頭を下げると、文吉は待ち受ける番人たちのほうへ歩いていった。

動ける足を頼りに、一歩ずつゆっくりと進んでいく。

文吉はもう振り向かなかった。

ぎくしゃくした歩みだが、前へ前へと着実に進んでいった。

やがて、その体を番人が取り囲んだ。

光の渦が近づく。

それが見たこともない面妖な駕籠のような形になったかと思うと、ふっと文吉の姿が消えた。

「あっ、消えた」

「帰るぞ」

占い師と隠密が指さす。

文吉を乗せた駕籠のようなものは、ふわりと宙に浮いたかと思うと、天空の一角へといっさんに飛び去っていった。

瞬くうちの出来事だった。

ふと見ると、光り物の姿はもうどこにもなかった。

空では下弦の月が輝いていた。

風が吹き抜ける土手の道を照らしている。

「消えたな」

まだ驚きの残る声で、安東が言った。

「帰ったんでしょう、大正へ」

時吉はそう言って、長いため息をついた。

「無事、帰ったと思います」

自空がうなずく。

時吉は月を見た。

その半分に割られた鏡のような月に、文吉の顔が映ったような気がした。

第十章　鮪《まぐろ》照り焼き

一

年が改まった。

正月の短い休みを経て、のどか屋はまた岩本町の角にのれんを出した。

ありがたいことに、今年も早々から客が足を運んでくれた。座敷も一枚板の席も一杯で、見世を切り盛りする時吉もおちよもしばらくはてんてこまいの忙しさだった。

正月は、おせちに雑煮。のどか屋ならではの小技の利いた料理を所望する客が多い。

弟子がいなくなった厨で、時吉は一人で奮闘していた。

「大変だね、弟子がいなくなってしまったから」

隠居が声をかけた。

(新年になって、またちいと冥土《めいど》へ近づいたよ)

そう言いながら、血色は若い者よりよほどいい。

「あいつも、向こうで達者でやってると思います。……はい、お待ち」

時吉は小鉢を出した。

正月といえば縁起物だ。いま出した昆布の素揚げは「喜ぶ」とかけてある。

昆布を酢で拭いてやわらかくし、こんがり揚げて塩を振る。ただこれだけの料理だが、酒の肴にはいい。

「向こうでな」

隠居の隣に座ったあんみつ隠密がにやりと笑った。

安東の前に置かれているのは、黒豆と栗金団《きんとん》。もちろん、存分に甘い。

「でも、馬鹿に急だったじゃねえか」

「そうよ。おれらにあいさつくらいしてくれりゃいいものをよう」

「ちょいとつれないぜ」

座敷に陣取った職人衆から声が飛ぶ。

「みんな思い出しちゃったんですよ、文吉さん」

背の赤子を揺すりながら、おちよが言った。

「見世には病《やまい》のおっかさんもいて、面倒を見なきゃいけない。だから、別れもそこそこに旅支度をして、上方《かみがた》へ帰っていったんです」

「そうかい。なら、しょうがねえな」

「上方って、そんな訛りはなかったけどよう」

「あら、うちの人だって上方ですよ、大和梨川《やまとなしがわ》っていうところですから」

「人によって、いろいろなので」

すっかり江戸の調子になった言葉で、時吉が言い添えると、職人衆は納得したようだった。

「ま、なんにせよ、落ち着くところに落ち着いてめでたいね」

隠居が猪口をついと上げた。

「ほんに、ありがてえことで。ありがてえなあ」

一枚板の席に陣取っていたもう一人の男が、感に堪えたように言った。声に感慨がこもっていた。重ねた「ありがてえ」の調子が深かった。

無理もない。

それは、湯屋の寅次だった。

二

神隠しに遭った娘のおとせは、だしぬけに戻ってきた。

ちょうど寅次が番台に座っていた。湯屋に入ってきた娘の顔を見て、初めはまぼろしかと思ったらしい。

往来を歩いているどの娘を見ても、おとせに見える。

ひと頃はそんな調子だったから、またあらぬものを見た、と父は思った。

だが、そうではなかった。目をこすって改めて見たが、まごうかたない娘のおとせだった。

それに、寅次の顔を見ると、おとせは表情を崩してこう言ったのだ。

「おとっつぁん……」

あとは言葉にならなかった。

出迎えた寅次も同じだった。しばらくは手に手を取り合って泣くばかりだった。

湯屋はわき返った。おとせが帰ってきたという知らせは、たちまち町じゅうに広まり、のどか屋にも伝えられた。

暗かった町に、また灯りが戻ってきた。岩本町の衆は、顔を合わせればおとせが帰ってきた話をして喜んだ。

どうやって神隠しに遭ったのか。いままでどこでどうやって過ごしていたのか、おとせは語ろうとしなかった。

「何もしゃべっちゃいけないの。そう言われてるの」

その話になると、顔をこわばらせ、首を横に振るばかりだった。

だれにそう言われたのかと問い詰めても、絶対に何も答えようとしない。見たところ怪我をした様子もないし、こうして戻ってきただけで重畳《ちょうじょう》だ。

そう考え、周りの者はおとせから詳しい話を聞き出すことをあきらめた。

「あいつ、またゆうべ、夢みたいなことをしゃべりやがってね」

寅次はそう言って、隠密から注がれた猪口の酒を呑み干した。

「どんなことだい？」

安東が問う。

「この江戸に年寄りの養生所みたいなものがあったらいい、なんて言うんですよ、旦那」

「年寄りだけ入るのかい」

「そうです。そこには湯屋もあって、料理人もいて、三度三度の食事をつくってやるんだとか。んな金のかかるものができるかい、って馬鹿にしたらふくれやがったけど」

時吉とおちよの目が合った。

おちよがでんでん太鼓を軽く振ってみせる。

文吉が時の番人とともに光り物に乗って去ってから、ほどなくしておとせが戻ってきた。これはやはり入れ替わりだろう、と二人で話をしていた。

「そういう養生所があったら、わたしも入れてもらいたいものだね。毎日好きなときに湯に入れて、料理人が飯もつくってくれるわけだから」

季川が笑顔で言って昆布を口に運んだ。

「たしかに。ほかにも何か妙なことを言ってたかい」

安東が黒四組の組頭の顔でたずねた。

「飯といえば、出前ばっかりする見世が流行《はや》るんじゃないかと、口から出まかせを」

「見世では何もあきなわず、出前ばっかりやるわけだ。どうだい、あるじ」

「それはちょっと、手がかかりすぎるでしょう。出前をやる弟子が見世にたんとおりませんと」

「長吉屋でもむずかしいかもしれないね」

と、隠居。

「まったく、あいつ、どこで何を見てきたんだか」

寅次は苦笑いを浮かべた。

包丁を動かしながら、時吉は思った。

大正の話は文吉からくわしく聞いたが、そんなことは言っていなかった。ひょっとすると、おとせはもっと先の時代へ飛んでしまったのかもしれない。

「ま、とにかく、狐が化けてる気配もねえから、半ばはあきらめてたおとせがほんとに帰ってきやがったと……」

今度は泣き笑いになった。

もう人が変わったようにしょげていた寅次ではなかった。おとせばかりではない。町の名物男も戻ってきた。

「狐は狐でも、こんなやつをこしらえてみました」

時吉は次の肴を出した。

「牛蒡《ごぼう》の信田《しのだ》巻きでございます」

信田の狐で有名なけものの好物は油揚げということになっている。ゆえに、油揚げを使った料理には「信田」の名がつく。

まずは下ごしらえだ。塩もみをした干瓢《かんぴょう》をゆがく。油抜きをした油揚げを端からていねいに開き、半分に切る。その幅に合わせて牛蒡と人参を切り、ほどよいかたさになるまで茹でておく。

裏を返した油揚げに牛蒡と人参を置き、くるくると巻く。そして、干瓢で三つところを結んで、丸太のような按配にする。

あとは鍋で煮て味付けだ。昆布のだしに命のたれを加え、塩で味加減を調える。味がしみたら巻物を取り出し、粗熱《あらねつ》が取れてから切る。ちょうど干瓢の結び目が真ん中に来るように切れば、見た目が上品だ。

切り口は丸い。すべてが丸くおさまるという、これも正月の縁起物だった。

油揚げと牛蒡と人参、それに干瓢。味のしみ方もかみ味も違う。それが小さな丸の中で一緒になると、ふしぎにえも言われぬ味わいが出る。

「おう、こりゃうまい。やっぱり料理はのどか屋だね」

寅次が持ち上げた。

「見た目が景色だよ。さすがだ」

季川も口に運ぶ。

ここで火消し衆も入ってきた。詰めたらどうにか入れたが、座敷はいっぱいになった。初春《はつはる》から千客万来だ。

「正月だから、やっぱり雑煮だな」

「縁起物だからね」

「のどか屋の雑煮を食わなきゃ、年が始まらねえ」

座敷の客たちの所望で、雑煮をつくることになった。

おちよも厨に入り、亀甲《きっこう》大根をつくりだした。

一寸足らずの厚さの輪切りにした大根の角を落とし、亀の甲羅の形にする。これをまず椀に入れておき、最後に縁起物が現れるようにするのがのどか屋の雑煮だ。

だが、そのうち千吉が泣きだした。赤子は泣くのもつとめだ。泣いてぐずりながら、だんだんに大きくなっていく。

「おいちゃんが抱っこしてやらあ」

寅次が手を伸ばした。

「落とさないでくださいよ」

おちよが半ば真顔で言う。

「こう見えても、あやすのはうめえんだ。おとせのときもよくやってた」

その言葉に嘘はなかった。

ときどき面白い顔をつくりながら、「おお、よしよし」と湯屋のあるじがあやしているうち、千吉は泣き止み、機嫌のいい顔つきになった。

「堂に入ったもんですな」

と、隠居。

「おめえさんはな、どこへも行ったりしちゃいけねえよ。ずっとおとっつぁんとおっかさんのとこにいな」

赤子にそう言い聞かせる寅次の目は、少しうるんでいた。

おちよの背に千吉が戻ったところで、雑煮ができあがった。

「安東様は上方風のほうがお好みでしょうが」

時吉がそう断って、まず一枚板の席に供する。

「よく分かるな、あるじ」

「上方は違うのかい？」

寅次が問う。

「甘え白味噌仕立てでよ。餅も真ん丸いんだ」

諸国を旅することが多いあんみつ隠密が、手で丸をつくった。

「江戸はぱりっと焼いた四角い切り餅だね」

隠居が箸で示した。

「お汁は澄まし仕立てで、醬油で香りづけをしてます」

おちよが歌うように言って、時吉とともに座敷へ雑煮を運んでいった。

「お、香りづけはほかにもあるじゃないか」

「柚子の皮がいい感じに載ってら」

「しかも、松葉に結んであるところが小粋だね」

「こいつも縁起物だ」

「手先が器用じゃねえと、この松葉結びはできねえな、あるじ」

客の一人が持ち上げたが、時吉は苦笑いを浮かべた。

「あいにく、それはちよがつくったものでして」

「味付けは大ざっぱだけど、こういう手仕事はあたしのほうが得意なの」

おちよが指を動かしてみせた。

柚子の皮を薄くそぎ、長方形に整える。これに切り込みを二本、互い違いに入れる。

こうしておいて開いてひねれば、きれいな松葉の形になる。

ほかの具は、茹でた小松菜と紅く色付けされた蒲鉾だ。餅の白と柚子の黄色が、一つの椀の中で喜ばしく響き合う倖《さいわ》いの一杯だった。

「うまいねえ」

「うまい」

そんな声が響くのどか屋ののれんがふっと開き、戸を開けて人が入ってきた。

客ではなかった。

父を呼びにきた、湯屋の娘のおとせだった。

三

「そろそろ、よございましょうか、お父さま」

時吉とおちよに会釈をしてから、おとせはいやによそいきの口調で言った。

ただし、顔には笑みが浮かんでいる。桃割れに桃色の鹿《か》の子《こ》絞りの手絡《てがら》をかけた、ぱっと場が華やぐような湯屋の看板娘だ。

「なんでえ、まだ呑みだしたばっかりだぞ」

寅次が不服そうに言う。

おとせは黙って、手で角を出すしぐさをした。

（あんまり油を売ってると、おっかさんがこれだよ）

と告げたから、のどか屋の客はどっとわいた。

「ま、おとせちゃんも帰ってきたから、いつでも呑めるよ」

季川が言った。

「ご隠居さんの言うとおり」

「追《お》ん出されねえように、働いたほうがいいぜ」

「そうそう。おとせちゃんを帰《けえ》してくれたやつに面目が立たねえぞ」

座敷から声が飛ぶ。

「分かったよ」

寅次は不承不承に席を立った。

「いつも父がご迷惑をおかけしています」

おとせは如才なく頭を下げた。

「ちょっと見ねえあいだに、大人っぽくなったなあ、おとせちゃん」

「神隠しに遭ってるあいだに、いったい何があったんだい」

「さぞや面白《おもしれ》えものを見たんだろう」

客は口々にたずねたが、おとせは唇の前に指を一本立てて貝になるばかりだった。

「差し障りのねえところで、肴代わりに一つ聞かせてくれよ」

安東が水を向けた。

「しゃべっちゃいけないことになってるんですけど」

「だから、差し障りのねえところでいいんだ。夢物語を聞いたことにすらあ」

と、憎めない笑顔を向けられたものだから、おとせも気が変わったらしい。一つだけ、面妖な話を披露した。

それによると、三味線などの弾き手がいなくても、勝手に音が鳴り、それに合わせて小唄や端唄《はうた》の稽古ができたら、さぞや上達するだろうという話だった。

「弾き手がいねえのに、音が出るもんかよ」

「おとせちゃん、やっぱり狐に化かされたんじゃねえのか?」

「そりゃ、歌はうまくなるかもしれねえけどよ」

みな首をひねっていたが、おとせは含み笑いをするばかりだった。

「なら、また」

寅次が手を挙げた。

「おとせちゃん、これ、おっかさんに」

おちよが包みを渡した。中身は縁起物のおせちをひとわたり入れた折り詰めだ。

「まあ、ありがたく存じます」

「悪いね、こっちが遊びにきたのに」

と、寅次。

「悪いと思ったら働いてちょうだい、おとっつぁん」

「けっ、しゃべり方がかかあに似てきやがった」

寅次がそう言ったから、また見世がどっとわいた。

「またね、のどか」

しっぽを立てて近づいてきた猫の背を少しなでてから、おとせは父とともにのどか屋を出ていった。

だれもが安堵していた。

どういう子細があったのか、おとせはどこへ行っていたのか。そんなことはもうどうでもいい。とにもかくにも、すべて丸くおさまってくれた。

外では木枯らしの音が響いているが、のどか屋はあたたかかった。見世の中だけが、ほんわりとした温もりに包まれているかのようだった。

四

火消し衆は存外に早く腰を上げたが、職人衆はまだ座敷で呑んでいた。

一枚板の席には源兵衛が来た。時吉はまたべつの肴をつくりだした。

「どうだい、繁盛してるかい」

家主が温顔で問う。

「おかげさまで。今日はほんとに猫の手も借りたいくらいで」

「はは、三匹いるんだから借りればいいよ」

その猫たちは、階段でどたばたと暴れていた。

「これ、やめなさい。千吉が起きるでしょ」

例によっておちよが叱る。

「文吉さんがいたら、助かったんだがね」

と、隠居。

「どうしてるかねえ、いまごろ」

あの場にいた安東が長いあごに手をやった。

「向こうでも、これを使ってるでしょうよ」

時吉は壺に歩み寄った。

命のたれだ。

「なら、こちらでもそれを使って一品頼みますよ」

季川が所望した。

「承知しました」

時吉はさっそくつくりはじめた。

まず一品目は、長芋と椎茸の酒醬油焼きだ。たれはほんの少々で、酒と薄口の醬油で伸ばす。ひと煮立ちさせてから冷ましたものに、食べよい大きさにこしらえた具を漬けて、しばし味をなじませる。

もう一品は、鮪《まぐろ》の照り焼きだった。下魚《げぎょ》とされる鮪も、時吉は臆せず使う。漬《づ》けにした鮪を散らした寿司などは、もはや名物料理の一つと言っても過言ではなかった。

照り焼きのたれは、命のたれを多めに使う。今日は安東がいるから、味醂を多めに入れていつもより甘めの味付けにした。

串を打ち、鮪の両面を焼く。七分ほど火が通ったらたれを塗り、乾かすようにあぶっていく。

「いい香りが漂ってきたね」

隠居が手であおぐ。

「ああやって、なんべんも乾かしてはたれを塗るんですな」

家主が時吉の手元を見た。

「鮪なんて食えるかと最初は思ったけど、寿司に入れるとわりとうめえんだ」

「そういうものも召し上がるんですね、安東さま」

「酢が甘え寿司は、わりかた好物でな。京の蒸し寿司はなかなかうまかった」

「ほう」

「散らしなんだが、茶わん蒸しみたいにして食べる。酢は湯気で飛んじまうから、食べる前にかけるんだ」

「それは初めて聞きました」

と、おちよ。

「その酢がぐっと甘くて、具に甘辛く似た椎茸なんぞが入ってたら、こいつぁこたえられねえぞ」

「つまるところは、それですか」

隠居がそう言ったから、また笑いになった。

照り焼きができた。

さらに葱を添える。斜めに切った葱も、鮪と同じように串を打ち、たれをかけて焼く。

「うん、深《ふけ》え」

今度は「甘え」ではなかった。

「なんべんも塗ってるから、しみてるねえ、味が」

隠居がうなる。

「しかも、命のたれですからね。いや、口福、口福」

家主も和す。

座敷からも手が挙がった。

それを見越して、多めにつくってあった。すぐさまおちよが運んでいく。

ここでも好評だった。鮪ばかりではない。葱も感嘆を呼んだ。

「葱って、こんなにうまいもんだったかい」

「たれを塗って焼いただけなのによ」

「恐れ入ったぜ、命のたれには」

その声をありがたく聞きながら、時吉は酒醤油焼きをつくった。

こちらはさっぱりと焼く。仕上げに細切りの柚子を加えて出した。

「こちらでは、たれは隠し味だね」

季川が言った。

「はい。裏方でちょっとだけ働いております」

「いい働きだ」

「ほんに、長芋も焼くとこんなにうまいんだねえ」

源兵衛が顔をほころばせた。

「文吉さんも、いまごろは命のたれを使ってるかもしれないな」

安東がそう言っておちよの顔を見た。

「去年の暮れ、浅草の本願寺へお参りに行ったんです」

「ああ、大正……じゃなくて、文吉さんのゆかりの場所だな」

「ええ。無事を祈って」

「無事さ」

「月を見るたびに、あいつのことを思い出しますよ」

時吉はしみじみと言った。

「あたしは、あの子の足をさすってやるたんびに」

おちよが優しく手を動かした。

妙に場がしみじみとしてしまった。

「じゃ、このへんで、師匠におめでたい句を」

雰囲気を変えるべく、おちよがやや強引に切り出した。

「おお、そりゃいいね」

「年の初めだ。おめでたい句を頼みますよ、ご隠居」

「今年一年、いや、この先もずっと皆が息災で暮らせるようなやつを」

勝手な注文が次々に飛んだ。

「そりゃ荷が重いね」

と言いながらも、隠居はまんざらでもなさそうな表情をしていた。

案の定、おちよが短冊を取り出すと、ややあってうなるような達筆でこうしたためた。

年酒《としざけ》や命のたれはとこしへに

「浮世で齢《よわい》を重ねると、年の初めに呑む酒はことにありがたいものだよ。まだわたしにも寿命があったんだと思ってね。ただ、とこしえに呑みつづけるわけにはいかないやね」

そう言って干した季川の猪口に、黙っておちよが酒を注ぐ。

「その点、命のたれはずっと続くと」

安東が先んじて言った。

「そうだね。川の流れのごとくに、たとえゆっくりでも、とこしえに流れていく」

「船頭が櫓《ろ》を漕《こ》いでいる姿が浮かびますね」

時吉は言った。

命のたれの川に小舟を浮かべて、光を弾きながら若者は進んでいく。

その顔が、くっきりと見えたような気がした。

終　章　復興節

一

文吉は焼け跡に立っていた。

浅草の本願寺前に、のどか屋はなかった。地震と火災で、店があったところは瓦礫の山と化していた。

ふと気づいたとき、文吉は川向こうの土手で倒れていた。

まず目に入ったのは、水戸屋敷の崩れた壁だった。だが、悲鳴は聞こえなかった。煙の臭いもしない。火災が迫っている気配もなかった。

すべては、終わっていた。

震災からはいくらか時が経っていた。大正に戻った文吉は、とにもかくにも危難を免れた。

文吉はふところを探り、綾織の巾着を取り出した。中をあたらめると、命のたれの小瓶が過《あやま》たず入っていた。若い料理人は、そのたたずまいをしばらくしみじみと眺めた。

帝都では、依然として大震災の余波が続いていた。

軍隊による炊き出しの前には、長い行列ができた。食料の心配のない地方へ落ち延びようとして、人々は列車や機関車の屋根にまで我先に取りすがった。どの列車も鈴なりで、なかには振り落とされたりトンネル内で窒息したりして落命する者もいた。

それでも、早くも復興の気運も漂いはじめていた。懸命の復旧工事や行方不明者の探索と並行して、バラックの建設なども急ピッチで進められた。

文吉はのどか屋のほうへ向かった。杖の代わりになる木を拾い、休みを入れながらゆっくり歩いていく。

吾妻橋は半ば焼けてしまっていたから、一列になって危うく渡った。うしろの人に迷惑をかけないように、悪い足を引きずって懸命に歩いたから息が切れた。浅草側へようやく渡ると、文吉は路傍《ろぼう》に腰を下ろして休んだ。

人々の話す声によって、いまどこで何が起きているのか、さまざまな知らせが耳に入ってきた。

浅草公園は避難者でごった返している。十二階は上のほうが崩れてしまったが、観音様は無事だったらしい。

しかし、のどか屋が門前にあった本願寺は手ひどくやられて、ほとんど灰燼《かいじん》に帰してしまっていると聞いた。ひもじさを感じたから、公園で配給を待とうかとも思ったが、いつ順番が来るかわからない。ともかく、のどか屋があったところへ向かうことにした。

「公園で水団《すいとん》を売ってるそうだ」

「なら、それを食うか」

「ほかに手はないな」

すれ違った二人連れがそんな話をしていた。

早くも物売りが出ているようだが、ふところに入っているのは命のたれだけだ。銭はまったくない。火から逃れたとはいえ、人の助けがなければ、このままでは焼け跡で飢え死にしてしまう。

それでも、行くべき場所はのどか屋しかなかった。運を天に任せて、また痛みだした足をなだめながら、文吉は本願寺のほうへ向かった。

そして、焼け跡に立った。

見れば見るほど、呆然とするばかりだった。

のどか屋の建物はどこにも見当たらなかった。瓦礫の一部と化して、地に伏しているばかりだった。激しい揺れで倒れ、火にあぶられたかつての店の面影は、どこにも認めることができなかった。

荷車が通り過ぎる。人が行き交う。

日はだんだんに西へ傾いてきた。もう十月に入った。夜になれば、風も冷たくなるだろう。

住むところも銭もなく、行くあてもなかった。大正へ戻ったのはいいものの、望みは何一つなかった。

体の力も残っていなかった。杖代わりの棒にすがり、立っているだけでやっとだった。もう一歩も動けそうにない。

文吉はのどか屋を思い出した。時吉とおちよが切り盛りしていた、江戸の小料理のどか屋だ。

そこでいただいた汁や飯のあたたかみが恋しかった。もう会えない人たちの顔が、一人一人、涙が出るほど懐かしく思い出されてきた。

視野がにわかにぼやけた。

そのせいで、初めはだれか分からなかった。

大きく手を振りながら近づいてくる人影の正体に気づかなかった。

ほどなく、その人は声を発した。

「長閑さん！」

と、文吉を俳号で呼んだ。

空耳ではなかった。

木声が顔をくしゃくしゃにして駆け寄ってきた。

二

しばらくは言葉がなかった。

奇蹟の再会を果たした木声と文吉は、互いに抱き合って泣くばかりだった。

「ひょっとしたら、と一縷《いちる》の望みをかけて、ときどき様子を見にきていたんだ。でも、長閑さんの姿はどこにもない。『ああ、やっぱり駄目だったか。今日巡り会えなかったらあきらめよう。これで最後にしよう』そう思って来たら……」

あとは言葉にならなかった。

「助かったんだね、木声さん」

文吉もふるえる声で言った。

「ああ……柵を乗り越え、必死に隅田川を泳いで渡った。何度も水を呑んで、もう駄目かと思ったけど、ようやく向こう岸にたどり着いた。長閑さんも、よくあの火の中を逃れられたね」

「はっきり憶えていないんだ」

むろん、本当のことを語るわけにはいかない。だれも信じてはくれないだろう。

「そうかい。おぶってくれた人は？」

「どこかではぐれてしまった。それから先は、気を失っていて憶えていない」

「よく助かったね、本当に。よく助かってくれた」

木声は何度もうなずいた。

「あっ、そうだ。もし長閑さんがいて、難儀をしていたらと思って、これを持ってきたんだ」

提げていた大ぶりの信玄袋から、木声は包みを取り出した。

中身は、おむすびだった。

「いいのかい？」

「ああ、食べてくれ。家の者につくらせた、ただの塩むすびだけど。お茶もある」

どこで調達したのか、木声は軍隊用の水筒も示した。

「ありがとう」

「立っていては難儀だ。あのへんに座ろう」

「ああ」

瓦礫が多少なりとも片付けられ、平らになっているところに二人は腰を下ろした。

「いただくよ」

文吉はありがたくいただくことにした。

ただの塩むすびが、こんなにうまいとは思わなかった。米の一粒一粒が浄土の光に照らされているかのようだった。

塩がしみた。心にしみわたるようなうまさだ。

塩むすびは三つあった。急いで食べようとしたせいで、二つ目の途中でむせた。

「おむすびは逃げないよ。ゆっくり食べておくれ。大丈夫かい？」

木声はそう言って、優しく背中をなでてくれた。

「さ、お茶も」

冷めた濃いめの番茶も、生き返るほどうまかった。

この味を忘れまい、と文吉は思った。

生涯、憶えていようと心に誓った。

最後の一粒まで食すと、文吉は両手を合わせた。

「ごちそうさま」

「よほどおなかがすいていたんだね」

木声は初めて笑みを浮かべた。

「ああ、ここで飢え死にするかと思った」

「持ってきてよかったよ」

その後はしばらく、これからの段取りの話をした。

木声は下谷《したや》まで家の者が運転する自家用車で来ていた。下谷では、一軒の蕎麦屋が早々と復興ののれんを掲げたらしい。

そこまで肩を借りて歩き、木声の家に寄寓する。俳友の実家は地盤のいい山の手のほうで、造りも頑丈だったから、言葉を借りれば「申し訳ないほど無事だった」という話だった。

「ありがとう」

「うちにはほかに家作もあるから、落ち着いたらのどか屋を始めればいいよ」

木声はそんなことまで言ってくれた。

「そんな、何から何までしてもらったら申し訳がない」

「遠慮は要らないさ。それに、のれんを出すのは世の中が落ち着いてからの話だ。いまはできれば、難儀をしているみなさんの役に少しでも立ちたいと思ってる。幸い、ぼくの家は無事で、食料にも恵まれている。荷台付きの車もある。そこで、鍋や材料を積みこんで、炊き出しをやるのはどうだろうかと、きみの顔を見ているうちにふと思いついた」

「それは賛成だ。喜んで炊き出しの鍋をつくらせてもらうよ」

文吉はすぐさま言った。

「じゃあ、そうしよう。その炊き出しの鍋が新たなのどか屋の第一歩になるわけだ」

「新たなのどか屋の……」

文吉は思い出した。

大火で見世を焼かれたあと、時吉とおちよは炊き出しの屋台を引くところから立て直したと聞いて感銘を受けたものだ。

それと同じだ、と文吉は思った。

一からやり直せばいい。何もかもなくしてしまった人たちに、いまの塩むすびとお茶のようなものを供するところから、もう一度始めればいい。

「そうだよ、新生のどか屋だ。そう遠くない将来、のどか屋ののれんが心地いい風になびくさ。そして、みんなが笑顔で暮らせる世の中になるさ」

焼け跡を指さして、木声はいい声で言った。

その荒れ果てた光景の中で、ひょいと動くものがあった。

小さな影は、何か驚いたように立ち止まると、文吉のほうへいっさんに走ってきた。

見憶えがあった。

のどか屋で飼っていた猫だ。

「おまえ……生きてたのか！」

間違いなかった。やせ細ってすすけてはいるが、茶と白の縞柄は同じだった。飼い主の匂いをかぎ、喉を鳴らしながら頭をすりつけてくる。

「よしよし。よく無事だったね」

文吉は頭や背をなでてやった。

「飼い主を忘れてなかったんだね。偉いね」

木声が声を詰まらせる。

「ほかの子は？　のどか屋を手伝ってくれてた叔母さんは？」

猫に問うてみたが、どこか思い詰めたような目で見つめるばかりだった。

「はぐれてしまったのかい。……おまえだけでも、無事でよかったよ」

そう言って鼻の頭をなでてやると、猫はまたひとしきり喉を鳴らした。

「そうだ……せっかく生き残ったんだ。おまえが『のどか』を継げ」

文吉がそう言うと、べつの名前があった猫は心得たとばかりに「みゃ」と短くないて、やおら毛づくろいを始めた。

「前にも『のどか』という猫がいたのかい？」

いくらか不審そうに、木声がたずねた。

「のどか屋の守り神は、代々、『のどか』っていう猫なんだよ」

文吉は笑みを浮かべて答えた。

三

大きな猫ではないので、塩むすびがなくなった頭陀袋に入った。文吉が袋を首から提げ、木声の肩を借りて歩く。晴れてのどかを襲名した猫は、ちょこんと顔を出してふしぎそうに景色を見ていた。

日比谷公園に罹災者の避難所ができたこと、銀座の三越も焼けてしまったこと……。

木声の話を聞きながら、文吉は一歩ずつ歩いた。

「それにしても、これだけひどいと俳句も詠めないね。そんな心の余裕がない」

木声が言った。

「そうかもしれないね」

「いつかまた、長閑さんと吟行へ行きたいものだ」

「そうだね。あの墨堤《ぼくてい》にも、時が巡れば、美しい花が咲く」

「ああ、桜が満開になる」

俳友の声の調子がやわらいだ。

「何度目の桜になるかは分からないけれど、きっと復興する。江戸だって、いくら焼けてもあんなに立ち直ってきたんだから」

「まるで江戸に逃げていたみたいじゃないか」

文吉は笑って答えなかった。

下谷が近づいた。

「あそこを曲がった角のあたりに車が停まってるはずだ。もう少しだよ」

木声が励ます。

「おや、あの歌は……」

文吉は耳を澄ませた。

「演歌師だね。最近、また見かけるようになった」

ほどなく姿が見えてきた。

口ひげを蓄えた演歌師が一人、ヴァイオリンを弾きながらいい調子で歌っている。

ウチは焼けても江戸っ子の
意気は消えない見ておくれ　アラマ　オヤマ
忽《たちま》ち並んだバラックに
夜は寝ながら　お月さま眺める　エーゾ　エーゾ
帝都復興　エーゾエーゾ

ときおりむやみに力みながら、そこはかとなく哀愁を帯びた節まわしで演歌師が歌う。

「復興節」だ。

壊滅的な打撃を受けた大正の東京だが、こうして人々は復興に動きはじめた。負けてはいられない、と文吉は思った。

少し体を休めたら、すぐ鍋の支度に取りかかろう。これから寒くなる。難儀をしている方々に、一人でも多く、のどか屋の料理を食べてもらうことにしよう。

ふところには、命のたれがあった。

江戸まで流れ、またここへ戻ってきたたれだ。炊き出しの鍋にも、少したらすことにしよう。

一度失われかけた力がよみがえってきた。

演歌師は歌う。

騒ぎの最中に生まれた子供
ついた名前が震太郎《しんたろう》　アラマ　オヤマ
震次に震作　シン子に復子《ふっこ》
その子が大きくなりゃ地震も話の種　エーゾ　エーゾ
帝都復興　エーゾ　エーゾ

今度は楽しい歌詞だった。
笑いを含む声で、ひときわ声を張りあげる。
文吉も歌った。
ごく自然に、唱和することができた。
江戸へ届けとばかりに、澄んだ声で、顔を上げて、文吉はサビのところを歌った。
「帝都復興　エーゾ　エーゾ……」

【参考文献一覧】

松下幸子『図説江戸料理事典』（柏書房）
川口はるみ『再現江戸惣菜事典』（東京堂出版）
福田浩、松下幸子『料理いろは包丁　江戸の肴、惣菜百品』（柴田書店）
野﨑洋光『和のおかず決定版』（世界文化社）
『一流料理長の和食宝典』（世界文化社）
神田浩行『日本料理の贅沢』（講談社現代新書）
志の島忠『日本料理四季盛付』（グラフ社）
遠藤十士夫『日本料理盛付指南』（柴田書店）
原田信男校註・解説『料理百珍集』（八坂書房）
原田伸男・編『江戸の料理と食生活』（小学館）
奥村彪生現代語訳・料理再現『万宝料理秘密箱』（ニュートンプレス）
中村孝明『和食の基本』（新星出版社）
『和幸・高橋一郎のちいさな懐石』（婦人画報社）

『和幸・高橋一郎の酒のさかなと小鉢もの』（婦人画報社）
大久保恵子『食いしんぼの健康ごはん』（文化出版局）
監修／難波宏彰　料理／宗像伸子『きのこレシピ』（グラフ社）
村田吉弘『割合で覚える和の基本』（ＮＨＫ出版）
小山裕久『日本料理でたいせつなこと』（光文社知恵の森文庫）
島崎とみ子『江戸のおかず帖　美味百二十選』（女子栄養大学出版部）
鈴木登紀子『手作り和食工房』（グラフ社）
藤井まり『鎌倉・不識庵の精進レシピ　四季折々の祝い膳』（河出書房新社）
『道場六三郎の教えます小粋な和風おかず』（ＮＨＫ出版）
道場六三郎『鉄人のおかず指南』（中公文庫ビジュアル版）
小林カツ代『実践　料理のへそ！』（文春新書）
宇野千代『私の長生き料理』（集英社文庫）
『クッキング基本大百科』（集英社）
『復元江戸情報地図』（朝日新聞社）
三谷一馬『江戸商売図絵』（中公文庫）
北村一夫『江戸東京地名辞典　芸能・落語編』（講談社学術文庫）

今井金吾校訂『定本武江年表』（ちくま学芸文庫）
市古夏生・鈴木健一校訂『新訂江戸名所図会』（ちくま学芸文庫）
宇佐美英機校訂『近世風俗志』（岩波文庫）
新倉善之編『江戸東京はやり信仰事典』（北辰堂）
柴田宵曲編『奇談異聞辞典』（ちくま学芸文庫）
森末新『将軍と町医――相州片倉鶴陵伝』（有隣堂）
菊地ひと美『江戸衣装図鑑』（東京堂出版）
菊地ひと美『江戸にぞっこん』（中公文庫）
やきもの愛好会編『よくわかるやきもの大事典』（ナツメ社）
『完全復刻アサヒグラフ　関東大震災／昭和三陸大津波』（朝日新聞出版）
吉村昭『関東大震災』（文春文庫）
福永法弘『夢に見れば死もなつかしや　小説・木歩と声風』（角川学芸出版）
『現代俳句大事典』（三省堂）
現代俳句協会編『現代俳句歳時記』（学習研究社）
『日本のうた　第1集』（野ばら社）
『恋し懐かしはやり唄』［CD8枚組］（日本コロムビア）

時代小説

二見時代小説文庫

命《いのち》のたれ　小料理《こりょうり》のどか屋《や》 人情帖《にんじょうちょう》7

著者　倉阪鬼一郎《くらさかきいちろう》

発行所　株式会社 二見書房
東京都千代田区三崎町二－一八－一一
電話　〇三－三五一五－二三一一［営業］
〇三－三五一五－二三一三［編集］
振替　〇〇一七〇－四－二六三九

印刷　株式会社 堀内印刷所
製本　ナショナル製本協同組合

落丁・乱丁本はお取り替えいたします。
定価は、カバーに表示してあります。

 ISBN978－4－576－12175－8
http://www.futami.co.jp/

二見時代小説文庫

人生の一椀 小料理のどか屋 人情帖1

倉阪鬼一郎［著］

もう武士に未練はない。一介の料理人として生きる。一椀、一膳が人のさだめを変えることもある。剣を包丁に持ち替えた市井の料理人の心意気、新シリーズ！

倖せの一膳 小料理のどか屋 人情帖2

倉阪鬼一郎［著］

元は武家だが、わけあって刀を捨て、包丁に持ち替えた時吉の「のどか屋」に持ちこまれた難題とは…。心をほっこり暖める時吉とおちよの小料理。感動の第2弾

結び豆腐 小料理のどか屋 人情帖3

倉阪鬼一郎［著］

天下一品の味を誇る長屋の豆腐屋の主が病で倒れた。このままでは店は潰れる。のどか屋の時吉と常連客は起死回生の策で立ち上がる。表題作の外に三編を収録

手毬寿司 小料理のどか屋 人情帖4

倉阪鬼一郎［著］

江戸の町に強風が吹き荒れるなか上がった火の手。店を失った時吉とおちよは無料炊き出し屋台を引いて復興への一歩を踏み出した。苦しいときこそ人の情が心にしみる！

雪花菜飯《きらずめし》 小料理のどか屋 人情帖5

倉阪鬼一郎［著］

大火の後、神田岩本町に新たな店を開くことができた時吉とおちよ。だが同じ町内にけれん料理の黄金屋金多が店開きし、意趣返しに「のどか屋」を潰しにかかり…

面影汁 小料理のどか屋 人情帖6

倉阪鬼一郎［著］

江戸城の将軍家斉から出張料理の依頼！ 隠密・安東満三郎の案内で時吉は江戸城へ。家斉公には喜ばれたものの、知ってはならぬ秘密の会話を耳にしてしまった故に…

二見時代小説文庫

公家武者 松平信平《のぶひら》 狐のちょうちん

佐々木裕一［著］

後に一万石の大名になった実在の人物・鷹司松平信平。紀州藩主の姫と婚礼したが貧乏旗本ゆえ共に暮せない。町に出ては秘剣で悪党退治。異色旗本の痛快な青春

姫のため息 公家武者 松平信平2

佐々木裕一［著］

江戸は今、二年前の由比正雪の乱の残党狩りで騒然。背後に紀州藩主頼宣追い落としの策謀が……。まだ見ぬ妻と、舅を護るべく公家武者の秘剣が唸る。

四谷の弁慶 公家武者 松平信平3

佐々木裕一［著］

千石取りになるまでは信平は妻の松姫とは共に暮せない。今はまだ百石取り。そんな折、四谷で旗本ばかりを狙い刀狩をする大男の噂が舞い込んできて……。

暴れ公卿 公家武者 松平信平4

佐々木裕一［著］

前の京都所司代・板倉周防守が黒い狩衣姿の刺客に斬られた。狩衣を着た凄腕の剣客ということで、疑惑の目が向けられた信平に、老中から密命が下った！

千石の夢 公家武者 松平信平5

佐々木裕一［著］

あと三百石で千石旗本。信平は将軍家光の正室である姉の頼みで、父鷹司信房の見舞いに京の都へ……。松姫への想いを胸に上洛する信平を待ち受ける危機とは？

陰《かげ》聞《き》き屋 十兵衛

沖田正午［著］

江戸に出た忍《しのび》四人衆、人の悩みや苦しみを陰で聞いて助けます。亡き藩主の無念を晴らすため萬ず揉め事相談を始めた十兵衛たちの初仕事の首尾やいかに!? 新シリーズ

やらずの雨 日本橋物語7

森 真沙子［著］

出戻りだが病いの義母を抱え商いに奮闘する通称とんぼ屋の女将お瑛。ある日、絹という女が現れ、紙問屋若松屋主人誠蔵の子供の事で相談があると言う。

お日柄もよく 日本橋物語8

森 真沙子［著］

日本橋で店を張る美人女将お瑛に、祝言の朝に消えた花嫁の身代わりになってほしいという依頼が……。多様な推理小説を追究し続ける作家が描く下町の人情

桜追《はな》い人 日本橋物語9

森 真沙子［著］

美人女将お瑛のもとに、岡っ引きの岩蔵が凶報を持ち込んだ……「両国河岸に、行方知れずのあんたの実父が打ち上げられた」というのだ。シリーズ最新刊！

蔦《つた》屋でござる

井川香四郎［著］

老中松平定信の暗い時代、下々を苦しめる奴は許せぬと反骨の出版人「蔦重」こと蔦屋重三郎が、歌麿、京伝ら「狂歌連」の仲間とともに、頑固なまでの正義を貫く！

枕橋の御前 女剣士 美涼1

藤 水名子［著］

島帰りの男を破落戸から救った男装の美剣士・美涼と剣の師であり養父でもある隼人正を襲う、見えない敵の正体は？ 小説すばる新人賞受賞作家の新シリーズ！

姫君ご乱行 女剣士 美涼2

藤 水名子［著］

三十年前に獄門になったはずの盗賊と同じ通り名の強盗が出没。そこに見え隠れする将軍家ご息女・佳姫の影。隼人正と美涼の正義の剣が時を超えて悪を討つ！

間借り隠居 八丁堀 裏十手1

牧 秀彦 [著]

北町の虎と恐れられた同心が、還暦を機に十手を返上。その矢先に家督を譲った息子夫婦が夜逃げ。間借りしながら、老いても衰えぬ剣技と知恵で悪に挑む！

お助け人情剣 八丁堀 裏十手2

牧 秀彦 [著]

元廻同心、嵐田左門と岡っ引きの鉄平、御様《ためし》御用山田家の夫婦剣客、算盤侍の同心・半井半平。五人の〝裏十手〟が結集して、法で裁けぬ悪を退治する！

剣客の情け 八丁堀 裏十手3

牧 秀彦 [著]

嵐田左門、六十二歳。心形刀流、起倒流で、北町の虎の誇りを貫く。裏十手の報酬は左門の命代。一命を賭して戦うことで手に入る、誇りの代償。孫ほどの娘に惚れられ…

白頭《はくとう》の虎 八丁堀 裏十手4

牧 秀彦 [著]

町奉行遠山景元の推挙で六十二歳にして現役に復帰した元廻方同心の嵐田左門。権威を笠に着る悪徳与力や仏と噂される豪商の悪行に鉄人流十手で立ち向かう！

神の子 花川戸町自身番日記1

辻堂 魁 [著]

浅草花川戸町の船着場界隈、けなげに生きる江戸庶民の織りなす悲しみと喜び。恋あり笑いあり人情の哀愁あり、壮絶な殺陣ありの物語。大人気作家が贈る新シリーズ！

女房を娶《めと》らば 花川戸町自身番日記2

辻堂 魁 [著]

奉行所の若い端女《はしため》お志奈の夫が悪相の男らに連れ去られてしまう。健気なお志奈が、ろくでなしの亭主を救い出すため、たった一人で実行した前代未聞の謀挙とは…！